catch

catch your eyes；catch your heart；catch your mind……

Catch 236

浮世理髮館

浮世床

式亭三馬　著

周作人　譯

洪福田　繪

編輯：連翠茉

校對：呂佳真

美術設計：許慈力

出版者：大塊文化出版股份有限公司

台北市 105 南京東路四段 25 號 11 樓

www.locuspublishing.com

讀者服務專線：0800-006689

TEL：(02) 87123898　FAX：(02) 87123897

郵撥帳號：18955675

戶名：大塊文化出版股份有限公司

e-mail:locus@locuspublishing.com

法律顧問：董安丹律師、顧慕堯律師

總經銷：大和書報圖書股份有限公司

地址：新北市新莊區五工五路 2 號

TEL：(02) 89902588（代表號）　FAX：(02) 22901658

初版一刷：2018 年 3 月

定價：新台幣 350 元

ISBN 978-986-213-873-1

Printed in Taiwan

浮世理髮館 / 式亭三馬著 ; 周作人譯. --

初版. -- 臺北市 : 大塊文化, 2018.03

面 ;　公分. -- (Catch ; 236)

ISBN 978-986-213-873-1(平裝)

861.565　　107000458

浮世理髮館

式亭三馬 著
周作人 譯
洪福田 繪

〔推薦一〕

日本笑話本　浮世人間像

（實踐大學應用日文系助理教授）

蔡亦竹

日文裡的「笑い」，其實是種高度文化。

笑其實是人類的本能，不管任何種族或是文化下成長的人們，都可以經由「笑」這種最原始的臉部表情，表達自己的愉悅和善意。雖然也有學說指出「笑」的露齒表情是從原始人類的威嚇動作演化出來的，但對現在的文明人來說，笑容代表的就是開心和喜悅，還有感情的共有。

雖然笑是本能，但是引人莞爾的笑料和笑點可就隨著國家和地域不同而大相徑庭了。相信很多朋友都有過看日本綜藝節目裡觀眾和來賓笑成一團，但是自己在電視前卻從頭到尾搞不清楚笑點在哪的經驗。因為讓人發笑需要技術、需要幽默感，而幽默感又必須建立在雙方具有共同文化累積的前提上。就像日本笑匠三巨頭的田毛利（タモリ）、明石家秋刀魚、北野武在台灣知名度不高，是的，你或許知道北野武是有名的導演，就像歐美所認識的「世界 の KITANO」一樣，但是他的本職是搞笑藝人，至今仍常常穿著各種奇怪的布偶裝出來主持節目。而他本人也自認「ビートたけし」（北野武作為搞笑藝人的藝名）才是他真正的「身分」。但是北野武作為搞笑藝人的元素，卻沒有像他作為導演的藝術元素般廣為台灣人所知。同樣在日本極負盛名的志村健在台灣卻是幾乎家喻戶曉。原因就在於志村式的搞笑常訴諸於直覺的狗吃屎、大臉盆或是怪叔叔甚至下流梗，而上述三位的幽默則是需要對日本文化有一定認識，田毛利主打的是大叔風格的成年白爛風，明石家擅長關西流的話術，而北野武則是典型東京「下町」庶民式的搞笑。

綜合以上，要理解日本式的幽默，其實對於日文的構造和風土民情需要有一定程度的理解。否則我們就真的只能停留在欣賞純白爛的胡搞瞎搞——雖然這些我們看來是胡搞瞎搞的大爆笑橋段，在日本其實也是經過精心設計和構築的藝術成果。我們當然不可能為了要看懂日本的搞笑節目就去精通日文，但是我們卻可以經由對日本許多資料，甚至古典的欣賞去接近日本的幽默之心。《浮世澡堂》和《浮世理髮館》就是兩本最好的參考書物。

從發祥自一千多年前平安時代的傳統藝能「狂言」起，日本的表演藝術中就一直有著「搞笑」這種元素存在。尤其是到了「三百年太平」的江戶時代，這種搞笑的血脈在表演藝術中被歌舞伎、人形淨琉璃等藝能繼承，更以「落語」這種類似單口相聲的高等說唱藝術的形式集其大成。而落語和另一種形態相近的傳統藝能「漫才」更是孕育出許多現代搞笑藝人的搖籃，前面提到的笑匠三巨頭裡，明石家秋刀魚就是命名自入門學習落語時代的師父，而北野武雖然出身漫才界，卻也在成名之後還以「立川梅春」這個落語家的身分公開演出過落語曲目。而搞笑精神發揮在文學上，就是以《浮世澡堂》和《浮世理髮館》代表的所謂「滑稽本」了。

當然，幽默感是會隨時代改變的。就算同為台灣人，我們現在去看四十年代的台灣喜劇電影，也說不定看不出笑點在哪裡。因為生活形態隨著改變，就像五十年後的人們可能無法理解，我們看到路上有人一邊騎車一邊用智慧型手機傳LINE，然後在十字路口和另一個三寶相撞飛出去還掉到資源回收車上有多麼好笑。那麼我們也不是日本人，又何必特別去看江戶時代寫成的滑稽本？理由很簡單，因為作為文字流傳下來的滑稽本，和作為表演藝術相傳至今的落語，其實是相輔相成的。滑稽本中的對白會使用如落語家般的幽默生動對話，而落語也常從滑稽本裡的有趣故事取材作為表演劇目。落語其實分為「創作落語」和「古典落語」，創作落語當然就是由落語家自由發揮才能編寫好笑的故事，但是古典落語則是有固定的腳本內容和題材。也就是說觀眾其實早就知道故事的結果，就看表演者的技術和人格特質來決定，是否能讓已經聽了同樣故事好幾次的觀眾們哈哈大笑了。這種存活於現代社會的傳統藝能，有興趣的朋友可以觀賞一部十多年前由長瀨智也和岡田准一主演的日劇《虎與龍》去更深入地瞭解。而古典落語的精髓，就是《浮世澡堂》和《浮世理髮館》裡的「熊公」、「隱居」、「土龍」等，有時犯蠢、但有時又充滿世間智慧和哲理的市井人物百態，這就是所謂的「浮世」美學。

總之，滑稽本就是現代日本搞笑哲學的始祖。而以浮世繪廣為人知的「浮世」概念，更是江戶時代太平盛世培養出來的平民哲學。江戶是當時世界最大的都市之一，在這個大都市裡生活的庶民們，一邊過著因身分制度而受限於自己出生背景、卻不必擔心因戰亂而流離的安定生活，一邊又因為日本的四季風情和佛教思想培養出來的無常觀，而發展出了稱為「粋」的美學。所謂的「粋」就是通曉人情世事並且洞察感情之精微，不管是思考或是言行都必須洗練而且帶有美感的哲學。這種聽起來似乎難以理解和實踐的精神，其實就是江戶庶民們的理想人生境界，勉強翻成華語就是「會心一笑」和「帥氣」的結合體。如果說得更白話，其實就是《深夜食堂》裡客人們與老闆間的互動交流。在木造房屋占建築物絕大比例，而把火災視為最恐怖災害的江戶，一般人是不允許在家中生火燒洗澡水的，所以只要是平民百姓，大家都得在澡堂袒裎相見。這種庶民生活中的必需行為，意外地與茶道一樣形成了「眾生平等」的美學，而理髮館則是當時人們聚集打屁之地。如果現代人為了和人交流和排解空虛而在深夜食堂集合，那麼江戶時代的人們則是在澡堂和理髮館裡看到庶民們的人生百態。

由式亭三馬這位庶民作家所寫、並由魯迅之弟周作人翻譯的《浮世澡堂》和《浮世理髮館》，就是上述精神的文學結晶。江戶時代雖然因為身分固定的關係而缺乏社會階層流動，但近三百年的和平卻也帶給日本史上少見的高生活水準。大都市江戶的庶民們除了忙於生活之外，印刷業的發達和驚人的平民識字率，也讓滑稽本這種當時或許不登大雅之堂的平民讀物得以流行，還在後世成為了瞭解日本平民文化和幽默傳統，甚至是日文演進的寶貴資料。所以對於日本文化有興趣的您，絕不可錯過這兩部記載了數百年前日本人喜怒哀樂的搞笑始祖經典。

〈推薦二〉

浮世江戶的時光旅行

（《旅飯》創辦人、《時代的風》作者）
工頭堅

有些人夢想中的旅行，是前往遙遠的天涯海角；又有些人的夢想旅行，則是前往某一個特定時空。拜交通發達之便，天涯海角容易抵達，反倒是已逝去的時代或風景，則是幾乎不可能「到達」了。

作為一個旅行者，常在各地的城市中行走，對於城市的空間環境，雖不敢說具備什麼太專業的眼光或觀點，但浮光掠影般的感受總還是有的。歐洲不少歷史名城，行走在巷弄之間，彷彿走進數百年不變的場景，那種時空重疊的錯覺，拓展了旅行這件事本身的空間侷限性，而與個人的閱讀和感受交融在一起，獲得了更多愉悅與驚喜。

曾有兩次機會與被譽為「東京學的第一人」的日本當代作家、文藝評論家川本三郎先生同桌共宴，作為對於東京這座城市富有感情與興趣的後輩小生，鼓起勇氣提問：「東京學」的定義究竟為何？結果先生的答案是，由於以「東京」為名的城市歷史仍嫌太短，如果真要話說從頭，則必須稱為「江戶東京學」才算完整。

今日走在東京街頭，看到的是高樓林立、巷弄密集的水泥叢林；但若說到江戶的歷史，很多日本戰國史迷，對於這一段應該都很熟悉了：德川家康被猴子關白「移封（貶）」到距離京都遙遠的江戶，勵精圖治、韜光養晦，最終西進擊敗豐臣勢力，一統天下，此舉也令關東（江戶）逐漸取代關西（京都、大阪），成為日本的政經中心。

但其實家康初到江戶，那是一片水鄉澤國的鳥地方。因為當時利根川和荒川等河流縱橫，遇雨氾濫，江戶城周邊基本是濕地。德川家前後花了一甲子，歷經數代，進行「利根川東遷事業」，打通上游，將川流引向東，至銚子注入太平洋。此舉把江戶由濕地化為硬土，更灌溉了房總半島的萬畝良田，奠定關東兵強馬壯、安居樂業的基礎。

東京的地形西高東低，然而現今建築密集，即使打開衛星地圖，也未必能看得出其中奧妙，但如果上網找到日本國土地理院製作的數位標高地形圖，便一目了然：在江戶城（也就是現在的皇居）以西，基本就是武藏野臺地的一部分，如果要細分，還可分為飯倉、三田、赤坂、青山、麻布、高輪、白金臺地……等小區域名稱，這也就是所謂的「山手」（山的方向）。

旅客熟悉的山手線，現今已是環繞東京中心部的環狀線，但十九世紀末興建的時候，初期僅是從北端的赤羽到南端的品川，由於途經的區域都集中在當時人口較稀少的臺地，便以山手線得名。作為旅人搭乘山手線那麼多年，心想整個環形區域不可能全都是「山手」啊，直到查詢初期歷史來看，才得以解心中之惑。

而既有「山手」，便有與其相對的「下町」，同樣地如果從標高地形圖來看，就會恍然大悟，當時的江戶城，蓋在臺地邊緣，居高臨下，威風凜凜；而其以東的區域，毫無疑問便是將軍腳邊的「城下町」了。儘管過去數百年，陸續化濕地為陸地、甚至填海造陸，東京的海岸線與江戶時代相較，已有極大的不同，但老城下町的範圍，看來基本還是集中在神田川畔、地勢稍微不太低窪的區域，從神田、馬喰町、淺草，再跨過隅田川，也就是現在的臺東和墨田這兩個區。

說起來不無可惜，由於東京在過去百年間，陸續受到地震與轟炸的災難洗禮，幾乎可說是一座在戰後重建的城市，想要尋訪江戶時代的街道風情，正如本文開頭的感嘆，多已隨光陰逝去。有一種方式是遠離城區，前往鄰縣以「小江戶」聞名的川越或佐原；或前往位於東京都西邊小金井市的江戶東京建築園，但那說到底畢竟是主題樂園式的復原或仿造，而非原地原味的生活場景。但如果想在「現地」尋訪昔日風情，似乎只能前往位於兩國的江戶東京博物館，透過館內的展示以及體驗活動，一窺當年江戶下町庶民的生活面貌。

理解地形的高低起伏，看過了博物館的動靜態展示，固然能對當年江戶的面貌有更清楚的概念，心中有了場景，然而在這場景中生活的人們，他們的日常、穿著、對話，仍無法憑空想像。於是只好從藝術作品當中去找尋。十七世紀到十九世紀浮世繪師，以他們的才華與觀察，留下了一幅幅反映當時江戶庶民生活面貌的精美作品，而其中最具代表性的人物，無疑是葛飾北齋。江戶東京博物館中的展示，也可看出不少由浮世繪中擷取的元素去復原。

所謂「浮世」，根據我查到的日文解釋，有「現代風」、「當世」的意思，但又帶點「好色」的意涵。或者應該說，原本「浮」這個字，有「浮氣」的用法，便是輕浮好色偷腥的代名詞；又如臺灣的外來組合語中，便有損人「浮浪貢」的稱呼（亦即現在一般說的噗攏共），亦是形容無所事事、遊手好閒之人。雖然聽起來似乎都不是什麼正面的評語，但卻不得不承認，這「浮世」的生活風格，又豈不是人們（或至少是我）心嚮往之、卻不敢為的處世態度？而那個浮浪的時代已然逝去，更增添幾番心下之憧憬。

近年由於東京晴空塔（Tokyo Sky Tree）在隅田川東岸之落成，帶動了墨田區「下町文藝復興」的風潮，更在兩國近鄰、開設了墨田北齋美術館，而關於北齋以及其女兒、也是浮世繪師的阿榮之故事，也陸續被改編為小說、動畫、電視影集，讓這些原本寄託於二次元想像的情懷，有了更加立體與現代感的呈現；如果能夠搭配與北齋同一時代的作家——式亭三馬的小說，則當時「江戶仔」的生活，更是活靈活現。至此，我心中尋尋覓覓的「江戶場景」，才終於真正得以完整。

下次到東京，別只沉醉於「山手」的五光十色與購物時尚，也來探望「下町」的老時光與人文風韻吧。

目錄

卷中

卷下

二編

卷上

卷下

引言

式亭三馬的《浮世澡堂》與《浮世理髮館》，以及十返舍一九的《東海道徒步旅行》（原名《東海道膝栗毛》），是日本江戶時代的古典文學中「滑稽本」的代表著作。

《浮世澡堂》前年由我譯出了前後兩編共四卷，這回譯成了《浮世理髮館》初二編共計五卷，其三編係別人續作，所以這裡略去了。前回關於江戶時代文學以及滑稽本的發生情形，略做加以說明，但也有當時忘記說及的，所以特加補說。這所說的就是所謂「氣質物」。這種文學品種真是「古已有之」，希臘在西元前四百年的時候，已經有這種東西，這便是忒俄佛剌斯托斯（Theophrastos）所著有《人品》（Karakteres）一卷，凡三十篇，寫各種不同的性格，著名後世。十七八世紀時傳至歐洲，英法各國各有仿作，日本未必受過這種影響，同時有江島其磧著有《世間兒子氣質》及《世間女兒氣質》等，為氣質物著名的著作。其磧承井原西鶴的「浮世草紙」流派，改而寫有種種特性的類型，江戶的三馬於作《浮世澡堂》的三年前即文化三年（一八〇六）

作《酩酊氣質》，以後接續作《四十八癖》，經一八一二至一八一八年共著四編，及此類尚多，可見作者於此事甚感興趣，在《浮世澡堂》與《浮世理髮館》也便多用這種手法。其次是三馬利用笑話做材料，在《浮世澡堂》題目横書「諢話」二字，自己表明這個關係，但是在那裡邊大抵使用「落語」的結構，使得各段都有一個著落，顯出可笑來。但這裡直接使用笑話做資料，例如第十二段「長六的貓」便是民間笑話之一了，又如第二十一段的「女人的笑話」，乃是各個小笑話的集成，江戶人喜歡弄這種文字的遊戲，可是轉譯出來卻是沒有什麼趣味了。《浮世理髮館》所寫的只是來理髮的客人，或是日常無事也來閒坐的閒漢，沒有像澡堂裡面出入的人花樣繁多，男男女女，盡有好玩的事可以描寫，因此未免顯得有些單調，雖然理髮館裡有主人鬢五郎，總是常在裡邊的，可以做一條線索，貫串到底，只是他畢竟是陪襯人物，不能擔任主要腳色。理髮館中沒有女人小兒，這也使得減色不少，於是作者苦心安排，無中生有的寫出「婀娜文字」，「瀧姑的乳母」和末節「女客阿袋」這三段文字來。此外又將社會上的雜事也拉到故事裡來，如寫巫婆關亡的情形，至有兩場，而一是寫一隻花狗，一是寫被妖怪拐了去的老頭子。於瞭解特殊的風俗之外，也很有滑稽的風趣。初編卷中描寫上方商人也是很著力的，這是江戶戲作中的好材料，因為藉此寫江戶工人與上方商人比武，結果是上方人出醜了，鬢五郎在這回的書上，總算賣了氣力，替江戶人爭氣的。本編中特別多有長篇的講談，顯得頗少活潑之趣。如論「阿柚的戒名」，差不多是作者對於一件事情的批評，但裡邊很有點獨立的意見，不過借了錢右衛門的口來發表罷了。又「談論女人」這一段，在理髮館是常見的實事，因此可以說是適當的材料，但這卻是受了上方文學的影響，西鶴在貞享三年（一六八六）著《好色五人女》，第三卷中有「姿色的關官」一節，敘說在京都四條河原的茶店的情形。這樣說來，那氣質物的原祖也是上方的東西，那麼在這一點上「江戶前」的三馬未免輸了一手了。

文字的遊戲是日本人所很喜歡的玩藝，而在滑稽本上面尤其是不能免的。因此翻譯上也就特別覺得困難。但是既然擔當了這個差使，也只有如俗語所說，有如「蛤蟆墊床腳」，竭力來支撐，而無如力不從心，未能加工得很漂亮，特別是注解原想減少，但結局還是不能辦到，比起《浮世澡堂》來是有增無減，因為參考不夠，有些風俗習慣還未能必要的予以釋明，這是我對於自己的工作所感覺不滿意的事。

一九五九年八月一日，譯者

初編

柳髮新話[1] 自序

尺有所短，寸有所長，[2]各物皆因其用以為利也。唐山[3]的剃頭店，日本的理髮館，[4]和漢只是名稱不同，人情卻總是一樣。時移世變，頭髮的風氣隨之。罌粟頭的和尚[5]的髮薄，以為雅而喜歡的毛唐人，[6]亦有以媽媽髻[7]的毛厚，說是俗而討厭它的日本人。和漢學問，各自有別。前日有位儒學先生，說什麼都是鄰家好，為唐山捧場，熱心稱讚大清[8]中華之餘，多事的計算鄰家的寶貝，為別國說誇大話。唐詩裡的白髮三千丈，[9]說因為國有那麼的大，所以頭髮也長，彷彿是親自看了來的那樣解釋。有人詢問，無論說是人怎麼大，到底也有個程度，那麼假如額寬一尺，叫作眉間尺[10]一樣，因為鬢闊四間，所以稱閔子騫[11]的嗎？先生於是默然而止。旁邊有國學者[12]在那裡，想必他會引那長髮姬[13]的故事，用我大御國的古事來歷，及阿市的頭髮環繞金山七匝的事，旁及童謠，[14]來考訂一番吧。不料乃出於意外，竟同聾子一樣的不聽見，到底是十分雄壯的大和魂，我皇朝的御國風也。但是，雖然如此，因為有考據癖，國學大人乃給我們開示曰，說卡米伊同者乃是卡米由伊登乃[15]之訛，又稱作比州寺，因為羊喜歡吃紙[16]

之故，得非拘泥於漢籍的謬說歟。今按，比者日也，因為每日梳頭的緣故，州者月字下略，因為梳頭的錢在每月總算的緣故。那麼寺字又是如何？其時先生一點兒都不驚慌，[17]說這雖然字母有點不同，因為每日梳頭每月結帳的客人很多，從早上直到晚上站著梳頭，連沒有痔瘡的人也生了痔瘡，以此乃稱作比州寺的吧。又另一說法，這是幹活的第一個字母志字。因想到頭油滿手，很是腌臢，即便是濁也，加上濁音點叭的打上，這就成了寺字了。這的確是意味深長的考證。一個人三十二個孔方，[18]各自有一種癖，浮世的人情出現在浮世理髮館裡，有如聚會了一百個人，便有一百樣的髮型以及人情。有樂屋銀杏的長，也有蓮懸本田的短，[19]所謂尺有所短，寸有所長，各因其利以為用也。在等候一個頭梳完的凳子上，想到了趣向之一端，拿各人的長短情譚，寫其聲音以發一笑，這是眾所周知的戲作者的居心。在下才短，卻寫此長故事的小冊子，姑且潤禿筆的毫毛，先想拿剃刀來試一下子。維時文化八年[20]辛未皋月十日，在理髮館悶坐等著的時間，以本町延壽丹及江戶水的兩種賈客的身分，[21]式亭三馬戲題。

註釋：

1此書原題於書名之上，有雙行小字曰「柳髮新話」，這裡題云《柳髮新話自序》。柳髮出典見於《和漢朗詠集》卷上早春項下，原詩題曰〈春暖〉，係都良香所作，詩曰：「氣霽風梳新柳髮，冰消波洗舊苔鬚。」都良香係日本九世紀中葉時人，工詩文，官文章博士。

2見《楚辭•卜居》中，原文云：「尺有所短，寸有所長，物有所不足，知有所不明。」

3日本舊時稱中國為唐山，今華僑尚有自稱為唐山者。

4理髮館係沿用新名詞，原文云「髮結床」，明朝人稱為篦頭鋪，意義正相合，唯因時代隔絕，故未便應用。

5罌粟頭指前清時男子剃髮，中留頂搭，其形與罌粟相似。和尚係輕蔑的稱呼。

6毛唐人本係對於西洋人的侮辱的名稱，但此處則仍是說中國人，毛唐人言唐人之有毛者。其實外國人並不喜歡髮薄，但江戶人有此怪癖，觀浮世繪所畫的女人皆毛髮稀薄，可以見之，三馬這裡特藉毛唐人加以嘲諷。

7媽媽髻兒見初編卷上注39。

8三馬此書成於文化十年，即清嘉慶十八年，故如此說。

9李白〈秋浦歌〉：「白髮三千丈，緣愁似個長。不知明鏡裡，何處得秋霜。」

10眉間尺的故事見魯迅《故事新編》中的〈鑄劍〉中，原題名〈眉間尺〉。

11「閔子騫」日本音讀與「鬢四間」相同，即言鬢闊一丈二尺。

12國學者即專門研究本國事情的學者，三馬於此亦大加嘲諷，不下於迂腐的漢學家。

13長髮姬見《古事記》第一四九段，應神天皇慕姬美名，遣使往迎，太子大雀命請於天皇，願得姬為妻，天皇不得已賦詩而許之。

14阿市係民間俗歌的一種，因為唱的多屬婦女小兒，故云童謠。

15卡米由伊登乃日本語云髮結殿，即是理髮處。

16比州寺亦訓作綿羊，因為羊喜歡吃紙，也可解作羊梳頭髮，全是文字的遊戲。

17見初編卷上注157。

18此為梳頭的代價。

19樂屋銀杏係婦女所梳的頭，銀杏返作兩髻，左右各作半圈，樂屋猶言後臺，髻更較低。本田髻則男子的頭，由本多家的武士創始，故名，其後通作本田，髮式甚為時髦，有種種名稱，蓮懸亦其一

種，蓮懸訓作斜，其樣式不詳。

20文化八年為西元一八一一年。

21三馬於著作之外兼營商業，為京都田中宗悅經售延壽丹，又製江戶水發售，為化妝水之一種。

卷上

理髮館所在

大道筆直，[1]理髮館就在十字街的中間，恰與「浮世澡堂」[2]相鄰，名稱「浮世理髮館」，一丈二尺的門口，裝著齊腰的塗油的紙門，[3]用頭油糊口[4]的浮世的寫法，無緣無故寫作飛白，用了燈籠店的「永字八法」。[5]另外一面，就是市房雜院[6]的小胡同。且說那入口的模樣吧。

大峰山的小先達們，[7]懺悔懺悔的梵天，[8]雖經雨淋日曬，而精神猶存。[9]小松川的大把菜，油菜油菜的成擔挑賣，雖經霜雪無損，表示言無二價，殊不知只值半價而已。一朵花三文錢，假話八百，[10]桂庵[11]介紹所的媒事的商談，保證的筆墨，哪個是打諢不是打諢，[12]御町便小使無用的招貼，[13]哪個是錯誤不是錯誤。為的求伸的尺蠖之屈[14]的方丈斗室，卻用宋朝字體題作「寓舍」，[15]乃是當時的小儒先生。渴不汲盜泉的水店的水，不居勝母之里，[16]可是移家於親子打架的間壁，其猶卜卦者正當《易經》之所謂

山雷頤[17]的卦象歟，十有八變，廣告上筆畫很粗的寫著，可不是說的遷移的次數嗎？本道[18]外科排列著寫的「也是」大夫[19]的招牌，本朝字體想起刀圭[20]的樣子，「連同房內構造一起出賣」，滿紙寫的招貼是房東的「書法正傳」，為人的規規矩矩可以想見。[21]針灸的招牌，稍微偏左，[22]漿糊出賣的廣告，正是滾圓。[23]或為四角的狗洞，或為三角的響板，[24]有彈的三弦的稽古所，也有吹的尺八[25]的指南所，士農工商混雜一起，八百萬戶[26]的借住人家。神道家因為房租的高天原，以三十日的大祓為苦，[27]釋氏則如是我聞[28]的，要遵守各家一定的規則。再是一家家的去看，有的長久做了浪人，[29]把宿昔青雲的階梯，已經同路旁溝板踏失了腳，[30]可是還總是松柏長青。寫著「高砂婆婆」[31]的穩婆，就是名稱也覺得是吉祥。盆栽的松樹因了寒氣而萎縮，雖然難保千年的壽，可是在那板窗[32]旁邊也不知經過幾代了吧。在榮枯貧富種種情形之中，出現來的乃是一個安樂的隱居老人穿著紙衣外褂，戴著圓頂頭巾，[33]從胡同裡走了出來。

隱居與豪傑

隱居站在「浮世理髮館」門口，咚咚咚的叩門：「喂，喂！還不起來嗎，還不起來嗎？時候不早了，時候不早了呀。豈有此理的晚了。睡早覺也該有個程度才對。理髮館是理應起得早的，真是不成話了。喂，老鬢！喂，鬢爺，還不起來嗎？」

屋子裡邊，主人鬢五郎用了還沒有睡醒的聲音回答：「是，是。」

隱居：「嘿，起來啦，起來啦！」（又把似乎睡在店堂裡的學徒叫了起來）「阿留呀，不起來嗎？嗳，這個糊塗東西，老闆睡早覺，連那個傢伙也是個渴睡漢。」獨自嘮叨的說著，這時候徒弟留吉輕輕的起來，突然的開門。

留吉開門，大聲嚷喂：「哇！」

隱居吃驚倒退：「呀，這個傢伙！叫我大吃一驚，這真叫作恩將仇報。」

留吉：「壓根兒沒有什麼恩。我還是很睏得沒有法子。隱居老太爺那是睡夠了，等不及的等著天亮吧。我們乃是只有睡覺這一會兒，才是生命得洗一回澡[34]了。」

隱居：「什麼，這傢伙倒真能說話。給生命洗澡，還不如洗一下褲衩[35]吧！繫上一條藍縐綢的或是紅縐綢什麼的，豈不是好，卻是那麼不中用的白棉布做的，如今已變成目下時行的深茶色了，而且蝨子生長得多，還似乎成群結隊的爬著。不要在這地方都掉下來了吧。嗳，真髒得很！」

留吉：「又是說這些老話了。」

隱居：「那個，這就算了，但是老闆還沒起嗎？真是沒有辦法。夫婦感情太好了，也是要不得的事情。山城國地方生下兩個頭的孩子，《年代記》[36]裡記著的，就是那麼睡著的吧。那媳婦兒也正好是那樣的媳婦兒。喂，你去說去，趕快起來吧。」

留吉：「隱居老太爺，什麼事都是很操心哪！」

隱居：「那當然，年紀老了，對於什麼事都操心啦。喂，阿留，這些地方要好好掃除。開水燒開了放著。我去了就來剃的。好吧，且去洗一個澡。喂，不管誰來了，也是我頭一個呀。別讓另外的占了我的先。」說著走了出去。

留吉：「可是，老太爺。你要是老盯在這兒，那就可以，若是洗浴去了之後，有客來了，那便不能老是等著，要讓他占頭一個了。」

隱居：「嗯不，那是不行。」

留吉：「這樣不講道理……」

隱居：「還是叫他早點起來吧。」

留吉：「喂，喂！」

隱居：「嗯不，那是不行。」

留吉：「喂，喂！」

隱居：「什麼事，吵鬧人！」

留吉：「什麼東西掉下了！」

隱居：「什麼掉下了？沒有什麼掉下的東西呀！」

留吉：「你頭上的假髮。」[37]

隱居：「糊塗東西！頭上戴著頭巾哩。阿哈哈！」

留吉：「阿哈哈！」

隱居到澡堂去，這時候鬢五郎也已起身出來了。

一個豪傑[38]身穿棉襖，上罩縕袍，繫著紅縐綢的細帶，腳上是釘著紅帶子的，桐木圓角的，看去像是他老婆的木屐，剛放得腳的一半進去，那麼踮著走路，拿著三馬製法的帶箱牙粉，用了連著刮舌的木製牙刷刷著牙齒走來。至於頭髮，則是現在流行的所謂「束髮」。這束髮乃是一點不用油，只用水梳，後邊的髻突出，前頭的髮束鬆鬆的，丁字髻在頂上束住。有如圖中的樣子，剛才梳好的髮恰如前一天所梳的模樣，但在當今自然前額沒有撥髮的，大概都是圓額角。所謂束髮，本來乃是俗名媽媽髻兒，[39]現在簡略稱此。據說因為這沒有油氣，用手巾包頭，可以爽快一點的緣故，按此種風氣頗似明和之末、安永之初所通行的風俗，或者當今的流行各自回復到古昔，然則頭髮的風俗也自當如此吧。

豪傑吐出刷牙的唾沫：「鬢爺，好早！」

鬢五郎：「呀，勇爺，[40]好早呀，兩三天來都做工嗎？一直沒有見。」

豪傑：「要是做工那倒好了。哼，真真倒了楣。前日到陰司阿松[41]那裡送葬回來的路上，就跑到那個人[42]的地方去了。」

鬢五郎：「什麼地方？」

豪傑：「什麼，照例的那個人。就是前個帶信來的女人。」嘴巴歪著，指示一個方向。

鬢五郎：「唔，那位有緣的人嗎？那麼幾時回來的？」

豪傑：「昨天晚上回來的。這樣之後，那位山神[43]就生了氣，若是白薯要值十六文一個的，生了那麼的兩隻角，[44]突然的就抓住了前胸。假如在平常時候，就將揍得她叫不出聲來了，可是這回是這邊也有不對，所以像死了的啞巴[45]的樣子一聲不響。好像是盂蘭盆節的鬼魂，[46]覺得現在得著機會了，把平日所有的威勢一時都使用出來，嘮嘮叨叨訴說個不了。哼，隨揀隨挑，十三文一堆，[47]那麼的說上一大套。真是倒了楣。這不是遇見很好的財神爺[48]了嗎？」

鬢五郎：「阿哈哈！那真是所謂嘮叨八百利上加利的笑話了。可是也不可在外邊住得太長呀！你又是少爺的身分，就是流連[49]也得有個限度。況且，說實在話，你又沒有給你擦屁股[50]的父親了，歸根結蒂還是自身的痛癢。喏，不是這樣的嗎？你是自己懂得這些道理，卻那樣去做無聊的事。」

豪傑：「這些事情原是十二分的知道，其實這都是酒的不好。這樣說歸咎於酒也覺得是怪可憐的，但是喝上一斤，這畜生，有點飄飄然起來了，於是便喝上了梯子酒。[51]到了第二天，說頭覺得沉重了，什麼頭痛了，就那麼流連下來。喏，行嗎？自己的家裡的門檻也會覺得高了，不容易進去。結果是本來只要斬去一寸，斬去二寸的，這樣那樣的終於變成三寸了。唉，真是無聊得很。酒也要從明天起，立願戒酒了。」

鬢五郎：「這些老話說得很久了。」

豪傑：「可是破了戒也沒有得神譴。金毗羅老爺和成田老爺[52]不知道被我騙了有多少回了。」

鬢五郎：「這也是當然的事。神佛都看穿了嘛。說那個騙子又來了，從頭就不理睬，所以也不給責罰了。」

豪傑：「不說假話。專此拜託[53]嘛！——喂，洗澡去了嗎？」

鬢五郎：「還沒有呢。」

豪傑：「去洗了來吧。——呵，那個人不來嗎，阿蜂這傢伙？」

鬢五郎：「來的，來的。」

豪傑：「來嗎？那個傢伙，是不懂得人情物理的猴兒呀！下回見了，你給他剝下面皮來。前幾天哭喪著臉向我借錢——你聽著吧，——我脫下了老婆的衣服，而且還有，那個，以前老為

買的帶子。那個，你也知道的罷，瓶助原來做二分四百的抵押品，後來過了期，老為拿了二分二銖贖了去的，其後因為忽然要用錢，願意賠了兩銖，賣給了我。」[54]

鬢五郎：「唔，唔，知道了，是那條博多的帶子[55]嗎？」

豪傑：「是的，你知道，那是丸角的出品，所以東西是非常的好。那個帶子和老婆的衣服，那是出門穿的東西，共有兩件。那是花條縐綢所做，衣裳的貼邊是黑色的，一件是翻裡[56]做法，上半身的裡子乃是紅絹的，嶄新的衣服。只在菩薩開龕的時候[57]和到戲場裡去，此外還有她的妹子那裡來了女婿[58]的時候，光是這三回外出時穿了，所以無論怎麼不值，總也相當的有它的價格。他把這些東西又借了我的面子和當鋪朝奉交涉，整整的弄到了舌頭[59]三大枚。本來說是五天之後便即歸還，可是今天已經有一個月，卻是貓拉屎。[60]那不是太不講情理嗎？」

鬢五郎：「那是太利害一點了。」

豪傑：「說是利害，可是這邊也是同樣的荒神[61]呀。」說了就往澡堂去了。

腐儒孔糞的氣焰

後邊進來的乃是一個身穿好像是油浸過了似的棉綢的棉袍，外罩藍綠絨布[62]所做，帶著家徽的外套，衣邊碎片拖了下來，拖著一雙穿壞了的草履，頭上是頂髮[63]蓬鬆，鬍鬚亂生，髒不可言，可是氣象高傲，辯舌滔滔，善發氣焰，此乃是教讀的老師，學生拼湊起來一總也不過五六個人，綽號孔糞的一個窮書生。他有一句舊式的口頭禪，喜歡說「遺憾閔子騫」。[64]他的出身總是在偏僻的鄉下，出來遊學雖然有四五年了，關於江戶的事情乃是一無所知。

孔糞：「怎麼樣，主人，夙興夜寐，做工掙錢嘛。」

鬢五郎：「呀，這是先生爺來了。早上好呵。」單說先生[65]似乎有失敬之嫌，所以加一個字叫作先生爺。

孔糞：「我是以清貧為樂，不想早起，可是給家鹿吵醒了。呀，鬧呀鬧呀的可不得了。」

鬢五郎：「是嘉六又喝醉了酒，到你那裡來了嗎？」

孔糞：「這人說什麼！老鼠醉了酒，那可了得嗎？哈哈哈。」

鬢五郎：「嘿，我道又是斜對門的嘉六，照例是倒醉鬧了起來呢。」

孔糞：「什麼，所謂家鹿是老鼠的別名罷了。」

鬢五郎：「嘿，連老鼠也有雅號麼？」

孔粪：「是不是雅號不能知道，可是叫作社君咧、家兔咧，[66]卻有種種的別名。」

留吉從旁插嘴道：「叫作瓦匠或是牆壁[67]倒很有道理，它在牆壁裡打洞，這正是瓦匠的工作。」

鬢五郎：「渾蛋，別胡說了！」

留吉：「噯。」碰了釘子，在門口掃地。

孔粪：「人若獨居，連老鼠也看不起了。《左傳》裡說得對，一屋無貓老鼠走白晝，[68]我受欺侮弄得沒有辦法，真是像王肅一樣，想要逐鼠丸了。」

留吉：「逐鼠丸在京傳[69]的書寫著，立刻就可以買到。」

鬢五郎：「胡說一起，那是讀書丸呀。」

留吉：「真是那麼樣的。」

孔粪：「那麼就叫剃一下子吧。」就在高腳的臉盆裡倒上開水，擦起頂髮來。[70]

鬢五郎：「喂，阿留，那門檻的旁邊要好好的掃！那麼麻麻胡胡的，掃得太渾蛋。無論怎麼說，總是掃不乾淨。」

留吉：「噯。」

孔粪：「掃帚千里，惟留所掃。哈哈哈！留潤奧，店潤身，[71]因為如此，在理髮店的閒暇，給裡邊做事，汲汲水也好吧。」

留吉：「多管閒事。閔子騫這傢伙！」

孔冀：「什麼，閔子騫嗎？唉，人總須富有黃白物！[72]連你們都看輕了我。真是遺憾閔子騫！」

留吉：「喏，一個閔子騫！」

三人：「哈哈哈！」

孔冀拿著承受剃下來的頭髮渣的東西，[73]坐了下來，鬢五郎解開他的髮髻。

孔冀在凝視對面牆壁上貼著的雜耍場的廣告，過了一會兒：「哈哈，竹本祖太夫，[74]鶴澤蟻鳳。嗳，真是別致的事情。在中國雖然有賈大夫，日本是很少有的。本來秦的始皇帝給松樹以大夫的官銜，但給竹以祖大夫的官的古事，卻記不起來了。還有一面說是鶴澤，卻將蟻鳳相對，這取意何在呢？[75]——喂，主人家，那邊寫著的字，是做什麼的呢？」

鬢五郎：「哪個？」

孔冀：「就是那個。」用手指指點。

鬢五郎：「那是堂會淨琉璃[76]嘛。祖太夫與蟻鳳出場，[77]昨晚就有三百人上座。」

孔冀：「哼。」這樣說了，可是壓根兒就不懂。「奇了，我對俗事很是疏遠，一點都不懂得。」又回過來看這邊。「今昔物語！什麼，朝寢坊，夢羅久。呵！」想了一會。「林屋正藏。奇了，風流八人藝。哈哈，這所謂季氏八佾[78]之類乎。此季氏亦是魯

國的大夫，佾舞列也。天子八，諸侯六，大夫四，士二，每佾人數，如其佾數。」

鬢五郎：「喂喂，那是什麼的數呀？」

孔粪：「這是八佾，是舞的數目。」

鬢五郎：「我又道是什麼，那麼裝腔作勢的。哈哈哈，這不是什麼難懂的東西。八人藝就是說一個人演出八個人的技藝的盲人。」

孔粪：「奇了，盲人也會演八個人的藝，我們有著兩隻眼睛，卻連一個人的事也還顧不過來。這個真是遺憾閔子騫。」

留吉：「喂，這裡兩個了！」

三人：「哈哈哈。」

孔粪：「那個什麼，怎麼講呀。剛才所寫的？」

鬢五郎：「那是《今昔物語》嘛。朝寢坊夢羅久，[79]林屋正藏，這邊的是圓生，都是巧妙的說話家。[80]」

正說到這裡，一個傳法[81]院派的豪傑忽然進來，站在那裡。

鬢五郎：「你早呀！」

傳法：「噯，就是這其次麼？」

鬢五郎：「還有一個隱居等在那裡。」

傳法：「好吧。」

孔龔：「喂，主人家。這話家是幹什麼呢？」

鬢五郎：「那是說落語[82]的人呀。」

孔龔：「嘸，笑話麼。笑話是中國的有趣。《山中一夕話》，也叫作《開卷一笑》，[83]又特別的好，是笑笑道人所作的。又有遊戲主人的《笑林廣記》，[84]日本有岡白駒所譯的《開口新語》，或者《笑府》什麼之類。[85]呀，中國的就簡直不同，直想把這些趣味教給他們才好哩。」雖是這麼說，卻不知道日本所譯或是改作的笑話原是中國的東西，這裡正是村學究的本色。

鬢五郎：「唐山[86]也有落語麼？」

孔龔：「有，當然有的，卻和日本的不同，甚是巧妙的。」

傳法從旁邊插口道：「唐山怎麼樣是不知道，可是江戶的話家，不論哪一個都是很巧妙的。夢羅久所說的可是真事呀。」

鬢五郎：「可不是麼。林屋所說也很有趣。」

傳法：「我覺得圓生的有趣得好。」

鬢五郎：「自始至終都好玩嘛。」

傳法：「夢羅久的描寫好，能夠說得出人情來。」

鬢五郎：「可樂[87]是一生一代最成功的人了。」

傳法：「可是也當助手[88]來過。」

鬢五郎：「那是助高屋[89]呀，在一生一代成功之後，又是返老還童了。」

孔冀：「喂喂，足下所說一生一代是錯誤的。那就成了重言了，這是應該說一生一度才對。還有話家話家的，無論說什麼都以為只要加上一個家字便好，但是話家這名稱乃是湯桶[90]的讀法。話是訓讀，家是漢音，吳音則讀如客。[91]凡儒學用漢音，國學用吳音，又佛氏方面是讀吳音的。讀法各有一定的規則。說是笑話家，或是落句[92]意取可笑，稱作落語家倒也可以。說什麼話家，啊呀真是可以絕倒。哈哈哈。醫生的古方家、後世家都用漢音，[93]歌人的二條家、萬葉家用的乃是吳音。[94]這些區別都不懂得，真是遺憾閔子騫。」

傳法：「那麼不再叫話家，只說笑話家就對了。」

鬢五郎：「但是現在學時髦的人，無論什麼總想加個家字上去。」

孔冀：「嘴裡很能說話的稱多辯家，多吃東西的人稱食亂家或者是飽食家。」

傳法：「能喝酒的人叫作飲家，那在夏天便很討厭呀。」[95]

孔冀：「這又是湯桶的讀法了。喝酒的人稱作酒客，賣酒的則是酒家。」

鬢五郎：「酒店若是酒家，那麼豆腐店是豆腐家了。」

傳法：「燈籠店是燈籠家，煎餅店是煎餅家。」

鬢五郎：「好騎馬的人叫他作馬家，就要生氣了吧？」[96]

傳法：「嗅香的人叫作香家，那太髒了。」[97]

孔冀：「這樣說來是不行的。嗅香插花的話雖是古來如此，但是說養花聞香，乃是俗例，並不覺刺耳。」

傳法：「香是用鼻子嗅的吧？」

鬢五郎：「正是呀，香味不是薰到耳朵裡的吧。」

傳法：「若是耳朵裡聽的，那麼說聞香也好，但是因為是用鼻子，所以說嗅比較好吧。」

鬢五郎：「是呀，假如鼻子聽著，耳朵嗅見香味，那麼眼睛能夠說話，嘴巴看見東西了。」

傳法：「這麼著，腳就會頭痛，頭皮要小心踏著鐵釘了。」

孔冀：「喂喂，像足下那麼說下去，議論便沒有完了。唉唉，真是沒有辦法。因為如此，聖人也有為難的事情，可以想像得來。真是難以濟度。唉唉，素夷狄行乎夷狄，入鄉從鄉。唉，可歎之至，實在只有長歎息而已。眾人皆飲濁酒，我也不能不同飲麼？」

鬢五郎：「若是患痰嗽[98]的話，實在喝濁酒是有害的。那不如不要喝好。」

孔冀：「不，不再把你們做對手了。」

傳法：「喂喂，我還想聽你一點講釋呢。」

孔冀：「不不，和愚人談論是無益的。那麼，再見了。」[99]出門回去了。

隱居與傳法論《大學》

接著是那隱居來了。

鬢五郎：「呀，隱居老太爺，是洗澡麼？」

隱居：「嗳，是嘛。早上的澡堂水清得好，可是擁擠得很。假如洗澡那麼不則聲就行了，總是要哼什麼曲調。——呀，對不起。」說著跨進門來。「喂，這裡也是顧客滿座。喂，阿留，為什麼不讓我先剃的呢？」

留吉：「可是，你自己來得遲了。但是，你就來在這裡坐吧。」

隱居：「糊塗東西，在我要是還要剃的話，我就不是那麼的著急了。我的不是剃的咧。」

留吉：「是只要光一下子麼？」

隱居：「你這只是胡刮罷了。到了這個年紀，那樣把頂髮腦袋胡亂刮的，簡直不曾有過。」這樣說著，便坐下了。

留吉：「且好好揉著吧。」

隱居：「什麼，哪裡還有頭髮揉擦？假如有值得揉的頭髮的話，也不去隱居了，那還正在起勁的搞戀愛關係哩。喂，那還不如小心點，別把那假鬢[100]弄壞了，更是好好的把它收拾起來吧。今天早上也掉落在枕頭邊上了。」

傳法：「睡的時候，還是卸下來的好。哈哈哈，又不是三角褲衩（要帶著睡覺）。」

隱居：「哈哈哈。」

傳法：「那個剛才回去的鄉下佬正是個大呆鳥嘍。」

鬢五郎：「哪一個？呣，那個孔字號嗎？」

隱居：「呣，那放屁儒者麼？那個傢伙知道什麼。可是很奇怪的，是住在那裡沒有給房東趕出來，卻是新鮮的事情。」

傳法：「噯，是呀。說是儒者，平常總以為這傢伙是通曉事體的人，哪裡知道完全是個呆子。什麼東拉西扯的，近前靠後的，開龕時的和尚說明似的胡說八道一起，發出傲慢的氣焰，可是連夢羅久和可樂都不懂得。那樣的傢伙真是所謂讀《論語》的不懂得豐後[101]吧。」

鬢五郎：「好的，好的。」

隱居：「他們是，你要知道，專走孔子之道，可是一走到岔道上，就踏進爛泥裡去了。」

傳法：「且別說孔子之道，便是王子[102]的道路，也曉得的不清楚。」

鬢五郎：「光知道查考唐山的事情，把腳底下的事情全荒疏了。這是犯了很壞的病症。那種人不是通達世故，實在比平常人還要不夠呀。」

傳法：「而且看那個模樣吧。跌倒在廊下，就是抹布了。[103]」

鬢五郎：「一點都沒有錯。看那個人在家裡的時候，面前放著個看書臺，[104]拖著鼻涕，在那裡講釋。[105]」

傳法：「嘸，講釋什麼呢，酒本飲太夫的出發的故事麼？錚，錚錚！[106]」

鬢五郎：「是十分垃圾太夫吧！」

隱居：「叫那個傢伙講釋的人，也真是不懂事的傢伙呀。」

傳法：「講釋些什麼呢。什麼關羽張飛字孔明，捏著牛蒡似的長槍，使起來縱橫無盡，看遠遠的屯在左邊的兵，那是誰呀！場口當面掛著三塊牌子的大名角，[107]前邊有兩隻角，後邊有五塊板的鋼盔，老是穿戴著，底下是夾衣一件，號褂[108]褲子。」

鬢五郎：「喂，好嗎，好呀！[109]」

大家都笑了：「哈哈哈。」

傳法：「可不是麼。那個東西，大概是說的這些話吧。」

鬢五郎：「什麼，這是演義的講釋。那邊的是性質不同的。」

隱居：「是《大學》朱熹章句。」

鬢五郎：「亭主曰[110]嘛。」

傳法：「嘸，山高故不貴[111]麼？」

鬢五郎：「別胡說八道了。那不是《大學》，是《今川》[112]呀。」

傳法：「你說的是什麼話。《今川》是很不相同的。夜鷹好小便，以殺生為樂事，[113]我還好好的記得。你說的是錯了。」

鬢五郎：「什麼，你好好的想一想吧。我也是無意中聽見說過的事情，就會忘記了，那還成麼。什麼今川兩親不足中取，[114]可見不論是哪裡的兩親都有不滿不足，就是今川的書裡也教我們說兩親不足哩。」

傳法：「這是錯了。那裡是說愚息呀。」

鬢五郎：「什麼，是不足。」

傳法：「什麼呀，不是不。」

鬢五郎：「不是不，那是成了[115]呀。」

傳法：「什麼，成金麼？去了你的吧，哪裡來的將棋！」回過來對隱居說：「是不是，隱居老太爺。對不起，是我所說的不錯吧。這老闆無論怎樣固執，山高可是《大學》裡的文句吧。」

鬢五郎：「什麼，這不是《大學》吧。」

隱居被兩方面這一問，他本來自己不知道《大學》，所以非常為難，勉強說道：「唔，什麼，什麼呀。我也年紀老了，記心不好，而且精神也壞了，所以記不清楚。不不，現在所說的，兩邊都在《大學》裡，在《大學》裡。」

鬢五郎：「請看吧。」

傳法：「噯，我也並不是沒有說呀。」

鬢五郎：「太郎兵衛請你走吧！[116]——喂，隱居老太爺，一個人做小鬼的時候記得的事情，是不會忘記的呀。」

隱居：「是的呀，現在的什麼是，什麼呀，山高故不貴，河深故立而游泳。」

鬢五郎：「正是正是，是有這樣的話的。」

隱居：「在那河邊有夜鷹出來，是這樣連下去說的。」

傳法：「懂得了。」叉起手來，表示可不是麼的意思。「因為河邊，所以夜鷹好小便。」

鬢五郎：「可不是麼。在河邊小便，蚯蚓啦，大眼子啦，這些東西，就因為小便的熱而死去了。唔，就是這個道理。」

隱居：「所以就成為殺生了。」

鬢五郎：「很有道理。」

傳法：「就在這地方，還有不能懂得的事情。為什麼說親子以殺生為樂事的呢？」

鬢五郎：「那是，傳哥，這不是你所能想到的了。為什麼呢，這夜鷹裡邊，有獅子大開口的婆婆，也有初出殼的雛兒，那麼，這就不是所謂親子了麼。總之，一切都是道理呀。」

傳法：「唔，可不是麼。這樣說來，也就是合於道理的了。是不是，隱居老太爺。」

隱居：「是嘛。」

傳法：「可是為什麼說的什麼難懂的呢？」

隱居：「這又是因為你們還年輕的緣故了。這就因為沒有能辨別因果的道理之故。那個殺生裡邊，也有做得好的，也有做得壞的兩樣，從前，唐山的唐人，一個叫作什麼唐人的兒子什麼人，他是個孝子。他的母親在三九寒天想吃鯉魚。於是這裡用了種種手段，大雪落著，鯉魚是完全給冰封了，沒有法子去取得。」

傳法：「不是不取也行麼？」

鬢五郎：「拿出一分銀子去，可以買很漂亮的一個了。」

隱居：「什麼，假如有這個錢，便沒什麼話說了。沒有錢的地方去吃苦想辨法，所以算是孝行呀。」

傳法：「我也是一年到頭沒有錢，吃苦想辨法，那也算是孝行裡面吧？」

隱居：「這個理由是不同的。你們的沒有錢，是因為各自花掉了，所以才沒有的。」

鬢五郎：「肅靜，[117]肅靜！講話的線索不能斷了。以後呢？」

隱居：「且說在大雪之中，掃開一條路到了池邊一看，全面都結著很厚的冰。問題就在這裡了。為了父母的緣故，性命算什麼東西呢！」

傳法：「為了丈夫的緣故，變了石頭的前例也是有的。」[118]
鬢五郎：「肅靜，肅靜！」
隱居：「先就若無其事似的脫光了身子，在那冰上面躺倒了。」
傳法：「這是什麼意思呢？」
鬢五郎：「是準備運氣睡著等[119]吧。」
隱居：「什麼呀什麼，哪裡是這樣淺薄的想頭。那個，因了自己的身體的熱氣，冰就融化了。冰融化了，就可以捕得鯉魚。是這種打算呀。你看這不是孝行麼？」
傳法：「唉，這是很壞的打算。冰融化了，萬一掉了下去，怎麼辦呢？」
隱居：「為了父母的緣故，性命在所不惜嘛。」
鬢五郎：「為了父母的緣故，性命在所不惜，主意是這樣的想，假如掉了下去死了的時候，那麼鯉魚既然捕不成，而且豈不是撇下了只有一個的母親，要使她彷徨路頭[120]嗎？照我看來，他的主意本來就是不好。第一那冰即使好好的融化了，若是鯉魚不在那裡，那又怎麼辦？」
隱居：「那是他知道有的。」
鬢五郎：「可是鯉魚如老是躲在冰底下，那也是沒有辦法吧？」
隱居：「這裡就是孝行之德了。老天爺在那裡看著，他不叫你無效的。自然感應，鯉魚就自己跳了上來，在冰上面叫捕獲了，這便是孝行之德呀。」

鬢五郎：「這就算是孝行也罷，可是唐山的人沒有智慧，叫我就是這樣的做。什麼呀。阿媽，要吃鯉魚。噯，知道了。說請你等一會兒吧，就拿了碗往外跑。那別說落大雪了，就是落刀槍也不管，走到飯館裡，拿出六十四文，最貴是一百文，要一碗鯉魚湯。喏，請喝吧！無論怎麼窮法，一百文的錢總還該有吧。」

隱居：「這個，你們一來就是這麼，所以是不行的。一百文的錢即使拿得出來，可是沒有飯館，卻怎麼辦呢？」

鬢五郎：「唐山總也有飯館吧？」

隱居：「在山村裡，就是江戶近地，也不大有魚類呵。從這裡走出三里[121]去看看。有地方簡直見不到生魚，只有加鹽醃的秋刀魚，鹹得一口都不能吃的，拿來與蘿蔔煮了吃。只差了三里路，有地方就是這個樣子嘛。他們是只住在這難得的江戶地方，所以不曉得世上的辛苦。」

傳法：「這恐怕也是實在情形，但是還有這一層。假如帶了夜鷹，叫它在冰上小便，怎麼樣呢？那麼，因了那熱氣，冰就融化了。那麼樣，鯉魚嘣的跳了出來。怎樣，這種智慧了不起吧。於是這才是夜鷹好小便，親子以殺生為樂了。」

隱居：「阿哈哈。嗳呀嗳呀。胡鬧得很。可是，殺生的裡面也有差別，像剛才所說的為了孝行而捕鯉魚，那就是殺生也沒有罪過。」

麻臉的熊公

這時候有人從外邊嚷著進來，這是傳法的一個朋友，諢名叫作麻臉的熊公，也是個豪傑。

熊公：「可是這阿傳的傢伙，卻是幹那有罪過的殺生的事。喂，你好好的記住吧！今天早上又把別人當作押頭丟下就跑了。[122]」

鬢五郎：「呀，熊公來了。」

熊公：「怎麼樣，鬢公。你早呀。這樣，你聽聽吧！昨天晚上，在二町目[123]的拐角忽然的遇見了。」

傳法：「這個，喂，喂！這渾東西。真是不懂事得很，到這裡來嘮叨這樣的事情。」

熊公：「怕什麼。這是我的嘴嘛，熊爺嘴裡的話是一點沒有虛假的。」

傳法：「鬢公，你聽聽吧。這個傢伙是，平常老是舔那在路旁賣的蜜餞的，所以話語是那麼的甜。」

熊公：「喂，可是真虧你叫人家睡著覺，自己卻先跑了。」

傳法：「渾東西，你自己也太不機靈了嘛。老鬢，你聽聽吧。昨天晚上，從別處的女人那裡，把一條手巾偷偷的拿了來了。」

熊公：「喂喂，說出這件事來，那還成麼？」到傳法後面來，把他的嘴堵住。

傳法：「住了，住了！喂，連氣也透不過來了。」把熊公的手推開，一面把衣服的前面掩好。「同了吉子兩個人呀，在格子[124]前面，將頭老湊在一塊，這倒也罷了，卻鬧了一個大笑話。」

熊公：「喂，你別吃醋。雖然綽號是麻臉熊，可是到那地方，卻是好小生[125]呀。原來那個女人——」

鬢五郎：「喔，喔。肅靜，肅靜！在我的屋裡，講這些故事是不成的。聽了討厭的話止住了，止住了。」

熊公：「為什麼不成？」

鬢五郎：「為什麼嗎？你們的自誇的癡情話聽著實在難受。假如請別人幫忙，那麼你拿出請人來聽的報酬好了。——傳爺，喂，請來吧。」這時候隱居的髮髻已經結好，傳法打著呵欠，揉擦髮頂，手裡拿著承接頭髮的木盤。

作者附白：從這個以下有幾個客人，剃了頂髮，結了髮髻，隨後去剃鬍鬚什麼，本來也應該細寫，因為太煩了，所以不一一來寫。只要請記住於種種談話的時候，一個個的輪流著剃頂髮就好了。而且來的人，也有專為談天而來，或是常來當作每天遊戲的地方似的，這一類的人也不列舉了。諸事細心研究的看官們，請不要責備才好。[126]

傳法：「真是的，你也該合宜點別再上當了。朋友們的面子都給弄髒了。」

熊公：「嘿，去吃你的屎去唄！[127]我這面是給人家當上呀。」

傳法：「可是給人攆出去[128]的時候，又要弄得臉都變青了。」

熊公：「那麼，臉變青了，野呂松木頭人[129]得到大家的叫好了。喔，笨傢伙禍從口出。」說到這裡，拖出舌頭來。

隱居摸著頭皮：「你們真是精神飽滿，很可羨慕。我要是再年輕二十歲，倒很想和你們作伴，但是現在年紀老了，不行了。——好吧，此刻且到情人那裡，相會了來吧。我的花錢[130]就是全堂的花，也只要三十六文就夠了。」

傳法：「到哪裡去？」

隱居從懷裡拿出念珠來：「是這個。」

熊公：「唔，到寺裡去[131]嗎？那麼你老的花是四文的花喲。」

鬢五郎：「隱居老太爺，哪能是四文的花呢。這總是買三文花十朵，放下四文錢[132]七個吧。」

隱居：「喂，別那麼的說壞話了。是該多出錢的地方，也格外的多出哩。今年寺裡的大殿出了老病，我也給向各家施主募化了來呢。」

傳法：「那麼你老單只要步行就好，錢可以不出了吧？」

隱居：「這哪裡成呢。不是我先捐一筆給他們看，那是不行的。」

傳法：「哪裡是先捐一筆，那是虛張聲勢[133]嘛。」

隱居：「喂，捐出了紋銀七兩二錢。」

鬢五郎：「那麼正是一個姦夫的價錢[134]呀。」

隱居：「無論怎麼都好吧。看守著我一個人的老婆子，是先去在那裡等著我哩。」

鬢五郎：「成了婆婆之後，就是亡過了。覺得沒有難過了吧？」

隱居：「這不等到年老了看，是不會瞭解這種心情的。無論怎麼樣，總是恩愛嘛。」

熊公：「那麼，也總時時想起來吧。」

隱居：「自然要想起來。那是當然的嘛。我的兒子是正式禮服，新娘也是冠帔齊整，媒人念了祝賀的謠曲，[135]那麼結婚的。喏，我的結婚卻是同老媽子搬家似的，[136]媒人背了一個竹箱，左手提著鐵漿[137]的瓶，右手提了一升酒，這樣來的。不，還有，不說出醜事來，事情便不明白。[138]那時我也做了買賣回來，想這時候大約新娘要到來了吧，便去買了半塊豆腐來，正刨著松魚，花轎[139]卻到了！這之後，由媒人指揮著，新娘就

在風爐裡燒起火來，媒人來研豆板醬。[140]於是媒人從懷裡取出三片魷魚來烤了，舉行三三九度的儀式。[141]你看怎麼樣。是這個樣子辛苦搞起來的家業，那老婆子也很能吃了苦幫著我的人。南無阿彌！呵，糟了！不知不覺的念起佛來了。哈哈哈。好吧，慢慢的預備了去吧。上個月沒有去，一定情人是在那裡等著了。」

鬢五郎：「你多給她拜幾拜吧。」

隱居：「你又想拿我開玩笑了。呀，各位都請多坐一會兒。——喂，阿留，今天臉刮得很好。下回給你帶好物事來，你等著吧。」

留吉：「野榧果[142]一袋，只值四文錢。」

隱居：「四文錢也不很少，二十八文的剃頭，一共要值三十二文了嘛。」

留吉：「嘿，現在這個時代，拿二十八文來的，也只有隱居老太爺罷了。」

隱居：「吵鬧得很。不再說下去了。」說著走出去。

熊公：「好性子的隱居。」

鬢五郎：「很好的事。」

熊公：「兒子也是好運氣。」

鬢五郎：「那兒子也是很會掙錢，人又懂事，所以家業是很牢靠的。」

熊公：「這就是父子都很是福氣嘛。」

鬢五郎：「性情和易，好得很。」

傳法：「可是在他年輕的時候，也很花過些錢吧？」

鬢五郎：「什麼，那是沒有呀。」

熊公：「只是嘴裡說罷了。」

鬢五郎：「因為只是用嘴，是不要花錢的，所以是聰明嘛。」

傳法：「所謂什麼通人，什麼雅人，原來都是不通世情的人，[143]只看他們的家產全是一塌糊塗了。」

鬢五郎：「倒是叫作俗人俗人這種人，好好的保存家產，不給人見笑，有時候也救助那些窮人。我想這種人倒是通人哩。」

熊公：「我也就是這樣想，不再做通人了吧。」

傳法：「你是哪裡的通人呢？無非是一個笨蛋，現世報，倒醉漢，兼帶癱子罷了。」

熊公：「我以前不則聲，你就以為可欺，現在是——不能再饒恕了！」末了學作唱戲的聲口，捏了拳頭去擦傳法的前額。

鬢五郎：「啊，這樣子危險，危險，剃刀割了，怎麼辦？」

熊公：「什麼，這樣的腦袋一個兩個，現成的多得很。媽媽髻帶一個禿頭，三十八文。」

傳法：「渾東西，這是定做的那一路腦袋呀。」

熊公：「對你的阿爹阿媽定做得更好一點，豈不好嗎。阿傳的腦袋上盡是凸凹。真討厭的樣子。」

傳法：「比起麻臉來，要罪孽輕一點吧。」

熊公：「是不是輕一點不知道，可是在理髮的看來卻是罪孽深重了。[144]這裡，請看吧。剃刀沒法用的地方，全是些名所舊跡。」

傳法：「二十四輩[145]來這頭上轉一個圈子，那就是奴舊跡[146]都走完了。」

熊公：「奴舊跡！這個，你們看吧。偶然說句話，就說出這樣傻話來。是御舊跡呀，渾東西。又不是楊弓場，說什麼土弓席！」[147]

鬢五郎：「嘿，第一個地方算是定了。這邊卻是宗旨不合呀。」[148]

熊公：「那麼請問是哪宗呢？」

傳法：「宗旨是代代不變的山王老爺[149]宗。」

熊公：「別說傻話了，那是街坊土地呀。」

傳法：「什麼都沒有關係。山王老爺是保佑我的，我就把這做了宗旨了。什麼南無阿彌陀佛，什麼南無妙法蓮華經，[150]都沒有威勢。這樣，我也沒有什麼願心，但是我呀，過了二三百年死了之後，叫玩具店把棺材做得像花龕[151]的樣子，牛車上裝著，加上一班鼓吹手。好不好，施主和鋪保都戴了赤熊的假面，請他們跳吹火漢子[152]的舞蹈。這樣子，頭兒給帶頭領唱，夥伴們就一同在前面走著幫腔，那麼我也可以升天了。實在的，現在就寫遺言留下，假如不照辦，我便變了鬼要來作祟的。」

傳法：「你這臉，就是做鬼也不合適的。」

鬢五郎：「那是非像音羽屋[153]的好男子不行的。」

熊公：「咄，隨你們批評就是了。既然這樣，那也沒有辦法。給他變作妖怪出來吧。」

鬢五郎：「正好吧。俗物變了妖怪出現，反正是在箱根[154]的那一邊的。」

傳法：「到底是不能給江戶子[155]作什麼祟的。」

這時候有一個人進來，綽號叫「非常龜」，因為不論什麼事情，他有一句口號，總說非常非常，進來的時候嘴裡說著話。

龜公：「什麼江戶子全是假貨色。因為有這樣的傢伙，所以江戶子的名聲給弄壞了。」

鬢五郎：「喂喂，敵人弄了大軍[156]來了。」

熊公：「其時熊爺一點兒都不驚慌。」[157]

龜公：「什麼，那麼吊兒郎當的，不論什麼事都想輕易出頭，所以很是可憐的。」

鬢五郎：「可是現在這倒是很馴良的樣子。」

熊公：「什麼，無論有多少匹[158]來了，都是初出殼的雛兒，捉迷藏、尋草鞋的夥伴罷了。」[159]繫上了藍綢的褲衩，就想給人家去看的傢伙嘛。噯，豈有此理。這是值多少錢

的東西，頂貴不過是一分[160]或者一分二銖罷了。價值有限的東西，卻要當作了不得似的去給人看，別說面子不好看，也關係著自己的名聲呀。」學作唱戲的口調。「這位熊爺的御誕生，呀的一聲生下地來，就是江戶櫻的三朝，[161]三馬那裡的江戶水[162]洗了澡，再用下村松本的固髮油，[163]混雜了玉屋的胭脂，[164]磨練成功的美男子。」

鬢五郎：「這個這個，好呀，好呀！時節不好，發了瘋了。街坊上的累贅！」

傳法：「而且那是什麼呀？是唱戲聲調麼？」

龜公：「是婆婆聲調吧！」

鬢五郎：「現在不時與了。」

熊公：「不要妒忌，不要妒忌，是源之松助[165]千萬不要看錯的小白臉呀。」

龜公：「一看你的臉，無論誰也要千萬原諒了。」

熊公：「因為女人太是胡纏了，想掛上女人禁制[166]的牌子，你看怎麼樣？」

鬢五郎：「好吧。」

傳法：「對此男子不許調情！」

龜公：「什麼呀，這比掛牌子還要有效嘛。」[167]

熊公：「唉，小白臉有誰願意做呀。」[168]

龜公：「麻臉有熊公去做。」

熊公：「嘿，小鳥兒們別侮弄貓頭鷹哪！」接著便學幸四郎[169]的聲調，「大象不遊於兔徑。」

龜公：「熊遊於四百。」[170]

熊公：「割雞焉用……」說到這裡的時候，偷偷的進來了一個人，到熊公的背後，按住了他的眼睛。

熊公：「誰呀，誰呀？別做這樣舊式的事情了。」

鬢五郎：「你試猜猜看。」

傳法：「這可是猜不著了。」

熊公：「猜著了給多少錢？」

龜公：「別說那下流的話了。」

熊公：「等著，等著，從手指頭上可以知道是誰的。這是什麼事！在小指頭上貼著丸藤的膏藥的人，是同砧板想表明心中[171]的傢伙。呃，知道了，知道了。但是，到底這是誰呀？」

龜公：「瞧他出醜！」

傳法：「喔呀！」

熊公：「排隊的侯爺崽子們[172]吵鬧得很呀。」

龜公：「無一物的就只是曾我兄弟[173]呀。」

熊公：「曾我兄弟，鬼王，團三，七個腳色[174]嘛。」

傳法：「無一物的是——」

熊公：「等著，等著！吵鬧得很呀。痛，痛，不要緊按著眼睛，痛嘛！」

「不能知道吧！」那人放開了手，原來乃是熊公常去做工的地方的主顧。

熊公出了一驚：「呀，老爺，對不起了。我道是什麼別的人，很說了失敬的話，沒有想到是老爺。你老今天是往哪裡去？」

老爺：「哈哈哈。有點事情，就到近地去。你這樣的又貪惰了。還是上一點勁吧。我還以為今天或是明天，你的工作可以完成的哩。哈哈哈。什麼呀，又是到什麼地方去了才回來的吧？」

熊公：「不，哪裡，老爺。你說的是沒有的事。」

龜公：「老爺，請你教訓他幾句吧！他老是學唱戲的聲調哩。」

熊公：「這個，別說吧！」把臉脹紅了。「他們沒有什麼好話。嗳，嘿嘿嘿。」說著苦笑。

老爺：「這可是，沒有辦法的貪懶的人。哈哈哈，——喂，各位都好。」說了這話就走過去了。

熊公：「嗳，再見！」變得很規矩的樣子。

傳法：「阿熊這回氣癟了。」

熊公：「你們早點通知我一聲，這就好了。我不知道是他，說了些粗野的話。」

正在說話的時候，又有一個人跑來，絆了一下子，一隻木屐就落下翻轉過來了。

熊公：「呵，來了！雨傘翻過來變作一隻貓，[175]木屐翻過來變作了赤腳。」便嘣嘣的拍起手來。

傳法：「到雷門的後面[176]去陳列起來，豈不好麼。」

辰公：「怎麼樣，熊公？」

熊公：「小白臉，怎麼樣？」

辰公：「龜爺，傳爺，你們早呀。鬢爺，怎麼樣？後邊還有人麼？」

鬢五郎：「還有五個。」

辰公：「那可了不得。去了再來吧。」

熊公：「又到新開路去麼？」

辰公：「什麼，我又不是你。」說著走出去了。

傳法：「新開路是什麼？」

熊公：「藝人的家裡。」

傳法：「藝人又是什

麼？」

熊公：「不知道麼？現在如不明白，等到大掃除[177]再說吧。」

鬢五郎：「者字號[178]吧。」

傳法：「唔，是婀娜文字[179]麼？」

熊公：「這樣說來，倒有婀娜的嬌音呢。」

電公：「那個傢伙，近來為了女人正是血脈僨張哩。」

鬢五郎：「不是真心迷戀，也只是因了怕懼[180]罷了。」

龜公：「別這樣說。他還是師兄哩！」

龜公：「排列老大……」

傳法：「喔，雅號老傻[181]吧？」

熊公：「真是會妒忌人的傢伙。去問問婀娜文字看吧。熊爺的聲音很是熟練，長鏞[182]了，更是好哩！」

龜公：「說這些話，餵得飽飽的了。」

傳法：「鏽得不好時，鏽了進去到了裡面，只好當廢鐵了。」

熊公：「就說是這邊給幫忙，無論怎樣也不能有多大好處。可是每逢開溫習會，熊爺給一場幫忙，誰都沒有說什麼二話的。」

傳法：「溫習會開了，幫什麼忙呢？」

龜公：「大概是分配赤豆飯[183]吧？」

傳法：「頂好到火燒場也去一趟吧。」[184]

鬢五郎：「熊公登臺說書的時候，彈三弦的乃是彥兵衛。」

龜公：「彥兵衛。這是一個滑稽的傢伙。那一定是很好玩的吧。」

熊公：「又說這件事，又說這件事！一點不有趣。」

鬢五郎：「這是說《回頭轎子》[185]的時候，先生因為有讀不懂的地方，所以在練習教本上隨處加了些圓圈呀三角呀的記號，這才總算記得了。好吧，到了緊要關鍵，先生閉了眼睛，正在拚命用力的當兒，彥兵衛彈著三弦，卻將書本翻轉了四五頁去，裝出若無其事的樣子。先生一點都不知道呀。等到緊要關鍵已經過去，要看以後的記號怎樣，睜大了眼睛時，只見已經是印著小舟町二丁目中之橋大街，伊賀屋勘右衛門板[186]的地方了。於是大吃一驚，急忙一頁一頁的翻，想看個明白的時候，彥兵衛卻又故意作弄人似的大聲吆喝，彈著三弦，這邊是狼狽極了，張皇失措的不知怎麼是好。在這樣那樣的時候，聽著的人說起壞話來了。」

熊公：「這個，這個。請你適可而止吧！老說這樣無聊的事情幹什麼。」看著外邊，笑嘻嘻的說道：「阿呀阿呀！奇事，奇事！」

龜公：「什麼事？」

熊公：「嘿嘿，寶貴的東西。」

傳法：「我說這是什麼呀？」

熊公：「嘿嘿，正說著他的閒話[187]嘛！」

鬢五郎：「是誰，是誰呀？」

龜公：「彥兵衛麼？」

熊公：「嘿，影子就出來了！」

說著這話的時候，隔壁浮世澡堂的婦女部的門開了，叫作婀娜文字的女人帶了十四五歲的女弟子，叫她拿著浴衣，像初出浴的樣子，走了過來。熊公特地讓她好看見，拉開紙門站著。

傳法：「門再開大點吧。」

熊公：「噯，知道了。」再打開一點，婀娜文字聽見開門的聲音，注意這邊。

婀娜回顧頭來道：「哎呀，熊爺。」

熊公：「婀娜姐，怎麼樣？請抽一袋煙去。起得異常的早呀。現在剛敲過四點[188]嘛。」

婀娜：「哎呀，真的嗎？」走近前來說道：「哎呀哎呀，各位到齊在這裡。鬢爺。」

鬢五郎：「前幾時[189]……」

婀娜：「噯，好久了。」巧妙的招呼人。「阿吉姐怎麼樣呢？簡直一向沒有看見呀。什麼呀，藤哥兒可好麼？前些日子告訴你的靈符，[190]可曾用過麼？」

鬢五郎：「噯，多謝多謝。託了那符的福，很見好了。真是還沒有得前去道謝哩。」

婀娜：「說什麼道謝，呵呵呵。」看店裡面，「哎呀哎呀，我道是誰呢，龜爺。好久不見光顧了。這樣的冷淡人也只好請隨意吧！」[191]

龜公：「很是對不起。近來老是貪心想多掙點錢嘛。」

婀娜：「貪心倒是好的，不過怕貪心到要不得的方面[192]去吧！」

龜公：「那倒是並不。」

婀娜：「熊爺，你昨天晚上不曾到場，母親很等著你呢。」

傳法：「熊公昨天晚上到那邊[193]去了。」

婀娜：「哎呀，真的嗎？傳爺，你也是一起去的吧。難怪滿臉的渴睡相呢。真是的，龜公，你也請過來。一向太是冷淡了呀。你們三位湊在一起，又會得想出什麼好玩的事來的。哎呀哎呀，這倒忘記了！傳爺，昨天拜託的事情，已經成功了。等一會兒請過來吧。龜爺也來，請同了熊爺傳爺一塊兒過來。」

三人：「噯，噯。」

婀娜：「噯，再見了！」說著彎彎腰。「還有鬢爺，請來再講鬼的故事，呵呵呵！」

鬢五郎：「讓我再來嚇你們一下吧。」

婀娜：「替我對阿吉姐問好吧。藤哥兒好好保養。嗳，再會。」回過頭去，一看同來的小妞兒，[194]隨即走去。小妞兒跟在後面走著，回頭對著熊公嘲笑。

小妞兒：「熊爺這癱子！熊公這傻子呀，熊公這傻子！」

熊公：「什麼呀，這個小丫頭！」一隻腳咚的一踏，裝作追趕的樣子。

小妞兒哇的嚷了一聲，向前跑了兩三步，婀娜文字向後回顧。

婀娜：「什麼事呀，這個孩子。我說是不要鬧著玩！」說著將眉毛現出了八字，更覺得嬌媚，此其所以稱婀娜文字的吧。

傳法：「說話很漂亮。」

鬢五郎：「那個孩子原來應酬很有工夫。」

龜公：「特別是藝妓應酬好是塊招牌嘛。」

熊公：「所以有那麼的行時，第一出局很能幹，而且技藝也來得，再加上臉子生得引人，那是鬼拿鐵棒，大佛加蓮花了。」[195]

鬢五郎：「喂，看呀，有好看的女人[196]過來了。」

龜公：「這個，剃刀別掉了下來！不能只申斥阿留呀。是吧，阿留。你看那個樣子，連師傅都是那樣的嘛。」

熊公：「哎呀哎呀，真不錯，真不錯。」

龜公：「非常的，好美的傢伙。什麼，穿著縐綢的全身服裝，厚板的帶子，真是不俗。正是盛年的好時候。」

熊公：「可惜的事是女人有了子女了。」

傳法：「那個繫著博多織的帶子的大概是妹子吧。」

龜公：「非常華美的打扮。」

熊公：「看那妹子的樣子吧。同那姐姐簡直是完全的不同。鼻子塌下，眼睛烏珠陷了進去。」

龜公：「假髮可見是梳頭的所搞，頭上很是神氣，可是衣裾底下似乎是沒有收束。」

傳法：「這是所謂腰下開放，便是說這個吧！」

熊公：「臉和身體是各別的。」

龜公：「啼聲恰似怪鴟。」[197]

傳法：「還有請看吧，本來就幾乎沒有什麼的後襟，用剃刀剃進去，痕跡還有鐵青的，無論多少白粉塗了上去，卻還看去像是旦腳的鬍子。」

鬢五郎：「與其那樣，還不如像和尚後襟[198]的好。那照本來的樣了就行了嘛。」

龜公：「那後頸筆直的人，也看去爽快得好。」

熊公：「平常的女人，無論怎樣打扮得好，說真話，到底有誰趕得上江戶的藝妓的。十個人聚在一起，頭髮的梳法就是一個樣子，還有那種意氣，那種人品，說句鄙陋的話，恐怕還不止是這些哩。所以我是——」

龜公：「渾東西，又是婀娜文字麼？」

熊公：「真是最愛搶先插嘴的人。只是說句捧場的話就是了，並沒有什麼好玩的。」說著鼓著兩頰。

傳法：「好吧，好吧。別生氣了。一會兒賣點心的來了，給你買吧。老老實實的等著。一會兒就有好看的大姐兒來了。」[199]

龜公：「喂喂，賣點心的來了，賣點心的來了。這樣很好。妙呀，妙呀！」

賣點心的

說著這話的時候，有人撐著陽傘，肩上扛著堆得很高的點心盒子，叫賣來了。這樣賣點心的在江戶有四五人，因了方向分開，人物也不一樣。

賣點心的：「西洋羊羹，本地羊羹，滿月餅和絹面餅。」[200]

龜公：「喂喂，要買點心。」

賣點心的：「嗳，嗳。」

傳法：「請你送給在那裡的這位哥兒[201]吃吧。」

賣點心的：「噯，噯。」一面笑著。

龜公：「喂，熊公你吃吧。」

熊公：「點心我不想吃。」

傳法：「吃吧。我是酒量小的人，只是吃迎接糕餅[202]吧。」

熊公：「我是今朝也不想吃迎接酒了。昨天晚上，醉得一塌糊塗了。」

傳法：「喂，賣糕餅的，這裡是多少錢？」

賣點心的：「噯，這地方是三十二文，這個是二十四文，這裡邊是四文和八文。」

龜公：「這是什麼呀？」

賣點心的：「這是狸子餅。」

龜公：「呃，狐狸顏色[203]嘛。」

熊公：「那麼，這個呢？」

傳法：「不是貉子餅[204]吧。」

熊公：「照這個樣子，很可以做點生意呢。你像每日走著叫賣的樣子，在這裡說了來看。」

賣點心的：「噯，嘿嘿。」笑著不說話。

鬢五郎：「你說著好了。又會有生意來的呀。」

賣點心的：「噯。」便認真的用了大聲說：「西洋羊羹，本地羊羹，滿月餅和絹面餅。美作餅，蛋糕捲，小鹿兒餅。[205]牛蔓餅，葛餅，葛粉饅頭。[206]雞蛋糕，紅梅，淺茅軟糖。[207]南京櫻和水仙捲，中華饅頭。[208]栗殼餅，鶯餅，薄雪饅頭和阿倍川餅。[209]嗓子裡辣辣的胡椒餅，淺茅的三角餅和狸子餅，捲餅和驢打滾。」[210]

傳法：「好呀，好呀！」

熊公：「真行，真行。」

這時候有近地的少爺們，兩三個人一起，走了進來。

德太郎：「噯，對不起。」這樣說了，似乎不便走過豪傑們的中間。

鬢五郎：「呀，老爺，你來啦。」

德太郎：「噯，今天好。」

鬢五郎：「大家今天很是整齊呀。」

德太郎：「噯，有點商量的事。」

聖吉：「鬢爺，怎麼樣？」

鬢五郎：「呀，聖爺，賢藏爺。」

賢藏：「前幾時……」說著從豪傑的後面走過。「呀，對不起，請原諒。」

這時候豪傑付錢給賣點心的，賣點心的對眾人行禮，便即回去。

傳法：「喂，龜公，回去嗎？」

龜公：「唔。」
傳法：「我也走吧。」
龜公：「真偷懶得非常之久了。」
熊公：「這樣又要把我丟下跑了[211]嗎？以為逃跑的只有老婆，哪裡知道還有朋友要逃跑呢？」模仿淨琉璃的文句：「你一個人獨自要去，那是太無情的行動，我也想同你走，一把抱住了男人的膝頭，哇的一聲哭了出來，哇，哇，哇，哇！」
龜公：「真可怕的文句，再用了你的臉子哭了起來，那簡直是桔子船裡的地動，[212]無法可施了。」
熊公：「好吧，請你拋下好了，我一個人去吧。這個，其實也好，可是肚子的情形不大好，大家不來交一回朋友麼？想把肚子整理一下子呢。」
傳法：「到哪裡去？」
熊公：「隨便哪裡都行吧。這是熊爺的即期支票[213]嘛。」
二人：「去吧，去吧。」對著鬢五郎說：「喂，再見了。」
鬢五郎：「請去了來吧。——老爺，立刻就請……」
德太郎：「阿呀，那麼來得時間正好呀。」
鬢五郎：「這中間本來還有兩三個人，可是沒有來，所以不要緊。——阿留，趁這個時間去吃飯吧。」

留吉：「噯，你也吃吧。」

鬢五郎：「還是你去吧。」

留吉：「噯。」

德太郎：「還是早飯前麼？」

鬢五郎：「是，今天早上，睡了早覺了。」

德太郎：「那麼還是請去吃了來吧。」這時候老婆阿吉從裡邊走了出來。

阿吉：「各位都來得早。真是豈有此理的冷的天氣。」彎著腰，打過招呼，回過來對鬢五郎說：「老爺既是這樣的說了，你就上去[214]一會兒。恐怕覺得冷了吧。」

鬢五郎：「噯。」對著這邊打招呼，「那麼對不起了。沒有吃早飯就做著工，覺得涼颼颼的有點冷。」

德太郎：「那是自然的。請你不必客氣，飽吃一頓了來。」

鬢五郎：「喂，阿留，來吧。」

留吉：「噯。」進到裡邊去。

在這時候，有背了一個綠色的包裹，繫著褲子[215]的男人，在門口向裡面探望，叫道：「鬢爺，好冷天氣。」[216]

鬢五郎在裡邊回答：「噯，櫛八爺來了。」

櫛八：「今天請照顧。」[217]

鬢五郎：「噯，今天行了。」

櫛八：「噯，前幾天的箆箕怎麼樣？」

鬢五郎：「噯，還不曾用哩。」

櫛八：「呵，仍舊原封不動麼？噯，再見。」倒退出去，跨出門檻，踏著睡在門口的狗腳上。

狗叫：「汪汪！」

櫛八：「喔，請原諒！」正說著，後面有沙彌同了瞎眼的和尚大聲叫道：「請求幫助！」

櫛八嚇了一跳，說道：「嗄！」

巳刻報四點[218]鐘聲：嗡。

注釋：

1利用唐朝儲光義句「大道直如髮，春日佳氣多」，引起下文的「髮」字。

2表示《浮世理髮館》的著作與《浮世澡堂》相關聯，故將此二者連在一起。

3一丈二尺指入口狹隘，齊腰的紙門係臨街的門，下半用木板，僅上半用格子糊紙，或為經久計，紙上塗桐油。

4日本舊時，男子皆梳髻，須用頭油，故因油字引起糊口字樣。

5「永字八法」係舊時習字規則，因永字具備八種點畫。飛白為一種鏤空的筆畫，近似空心字體，日本燈籠店善於用各種字體題字。

6「市房」原文云「長家」，謂接連的構造，但亦各為門戶，故與中國的大雜院有別。市房多在小胡同內，鮮有在大道旁者。

7大峰山在奈良東部，古來為真言宗修驗道的靈場，凡修道者跋涉山野，積修行之功，通達咒法，稱為「先達」，亦稱「山伏」。謂伏處山野也。有末先達、正先達、大先達之別，亦有小先達者，係是輔助性質的人。這裡所說係是門口的招牌，論理應該是大先達才對，但此處要與上邊的大峰山相對，故而特地把它利用了小先達了。

8「懺悔懺悔，六根清淨」，係修驗道者朝山時口號，身著白衣，手執幣束，祈禱時所用，即名為梵天。

9雨淋日曬，謂修驗者的招牌，木板經雨淋，而文字尚存，雖木板不免受損。

10三文錢一朵的花，乃花中最廉價者。「假話八百」，係成語，謂誑話之多。

11桂庵或寫作慶庵，係介紹所俗稱，專為人家介紹傭工，亦管做媒，往往信口開河，不可憑信。

12原文上兩句，讀音相近，似是遊戲語，實卻不是打諢。

13此為兩種招貼，各寫錯一字，本應為「御町使」，意云跑街差使，及「小便無用」，即是不許小便，今將兩字對調，致成可笑的錯誤了。

14《易經．繫辭》，「尺蠖之屈，以求信（伸）也。」形容暫時伏居陋巷，預備他日的起來。

15原文云「九尺二間」，九尺言房間開闊，二間即一丈二尺，則房間的長度，總計為平方一丈。外邊卻用宋朝書法，裝模作樣的學中國式題作某人寓舍，乃是儒生的風氣。

16「渴不飲盜泉之水」，陸機〈猛虎行〉中句。又《說苑》，「邑名勝母，曾子不入。」此處云水店，言售水之屋，多少滑稽化了。

17頤為《周易》六十四卦之一，卦象為震下艮上。「山下有雷」。正義云：「山止於上，雷動於下，頤之為用，下動上止，故曰山下有雷頤。人之開發言語，咀嚼飲食，皆動頤之事，故君子觀此頤象，以謹慎言語，栽節飲食。先儒曰，禍從口出，患從口入，故於頤養而慎節也。」居住於市房之中，比鄰多親子打架之事，與居於勝母之里不差什麼，但與山雷頤的卦象關係終不甚明白，這樣說了，卻為下文引出卜卦者方便計，乃是必要的。

18日本古代醫術係用漢方，稱內科曰「本道」，猶言正路，蓋別於外科而言。

19「也是」大夫乃指庸醫，謂其醫術不足憑信，不過也是算一個大夫而已。

20本朝字體與上面宋朝書法相對，圓轉的筆勢令人想起醫生盛藥的匙來，這裡譯作「刀圭」了。日本醫生從來供給藥品，出診時攜帶藥箱，當場取藥給病人吃。

21《書法正傳》係古來講習字的俗書，由中國傳去，這裡說房東寫招貼很規矩，可以想見其為人亦是如此。

22招牌的字靠左邊寫，意思是說灸點也恐不正確，偏在一邊。

23此漿糊係米粉打的漿子，用於漿洗衣服，賣的地方掛一圓板，大寫一「糊」字，掛在門外。

24響板是一種木板，上掛短棒或能發響聲之物，掛於門口，有人出入便響，使人警覺，小胡同的入口常有此種設備。此處說三角的板，引出下文的三弦。

25尺八為樂器名，乃一種簫類，長一尺八寸，故名。

26「八百萬戶」極言其多，古代神話如《古事記》常言八百萬眾神。

27神道家即日本神道教的學者，據神話上說神的住處在「高天原」，這裡引用藉以說房租的「高」，即是說貴，大祓亦是神道教的一種儀式，此處說每到三十日要付房租，故以為苦。

28奉佛教的人也要遵守一定的規則，不由自主，只是如是我聞罷了。

29日本武士照例有一主人，稱為「奉公」，如遇主人獲罪或戰敗，致失寄託，又或自己被逐，便成為浪人，即是失業的武士。

30武士希望致身青雲，現在失敗了，正如踏失了路旁溝板，也從青雲的階梯上掉了下來了。

31《高妙》為謠曲篇名，內容說神官友成路經高砂，遇翁嫗為述連理松的故事，後知此二人乃松樹的精靈，古來用於祝賀，稱為吉祥之曲，此處前後引用松樹的典故，即是為此。

32此所云板窗係指防雨窗板卸下時安放之處，通稱「戶袋」，附著於外，此蓋指無此設備者。

33封建時代舊制，家主年老或因事退休，稱為隱居，由其長子襲位為家主，老人也就為隱居老太爺。後來此制亦通行於商家，凡不管家事店事的老人，不問男女，均用此名。紙衣乃以舊紙接合，上塗柿漆，用代布帛，作為外套。圓頂頭巾，亦名沙鍋頭巾，以形似得名，為老人常用之物。

34「生命之洗濯」意謂稍得消遣，稍慰生活的勞苦，本可意譯，但此處與下文的洗濯褲衩相對，所以只能直譯了。

35原文云「褌」，即犢鼻褌，或云丁字帶，男子所用的短褲，以布作丁字狀，繫著腰間，直幅下垂，由前面抄向後邊纏住。平常用白棉布所做，闊氣者也有用綢的，隱居對徒弟所說，係是玩笑的話。

36《年代記》係紀年的一種野史，也記錄妖異事情，如一兒兩頭之類。此處乃是隱居說夫婦並枕高臥，如有一身二頭，世傳人痾，或由此而起的吧。

37老人頭脫髮，用假髮以掩飾之，這裡蓋指假裝鬢髮，與普通婦人所用者有別。

38「豪傑」原文云「勇肌」，原意謂任俠之徒，憑意氣，重然諾，扶弱挫強，市井之間相習成風。《浮世澡堂》前編卷下十八段有和醉漢吵架的豪傑，即是此類人物。

39古時日本男子蓄髮結髻，平常往理髮店去梳，有在家梳頭的，稱媽媽髻兒，意思即是說老婆所梳。其格式如上文所說，通稱束髮。

40這裡便用「勇肌」的略稱作為其人的名字，彷彿是名叫「勇吉」的樣子。

41原文云「幽靈松」，係是人的諢名，蓋本名為「松」，綽號「陰司」，或形容其沒有生氣。

42今東京市淺草山谷町一帶舊多寺院，因此一般平民送葬也多在此地，惟因與日本堤甚近，送葬者也就順便往新吉原妓樓遊蕩去了。所謂那個人即是指妓樓的舊日相好。

43「山神」即是老婆的諢名，據說因〈伊呂波歌〉中有「奧山」之句，妻的敬稱為「奧樣」，遂取下一字戲呼為「山神」，此只是備考的一說，不一定的確。初只說悍婦，大抵與中國說「羅剎」是意義相近。

44俗說婦女妒忌吃醋為「生角」，這裡形容這角之大，以白薯相比，平常白薯八文一堆，今云一個值十六文，便有兩堆的價值了。

45形容竭力不出聲，說成死了的啞巴的樣子，正是加倍的說。

46俗陰間的鬼魂只在七月十五日盂蘭盆節的時候，可以出來，這裡說女人難得找得這好的機會，所以要盡量的鬧一下。

47「隨揀隨挑，十三文一堆」，此指小販吆喝時口號，各種物品，一律賣十三文。

48原意遇見瘟神了，故意反面的說成財神爺。

49留在妓院經兩天之久，俗稱「流連」。

50「擦屁股」係是俗語，謂給人家經理未了事件，大抵是清理嫖賭債務。

51「梯子酒」是說接連的喝酒，像爬梯子一樣。

52金毗羅係印度的神，在佛教不甚重要，但日本民間頗見崇信，在讚岐琴平山有神社。成田老爺指千葉成田町神護新勝寺裡的不動明王，這是佛教密宗裡的神，說是大日如來為了制服惡魔而現出的忿怒相，在日本很見崇信，通稱為不動尊。

53此處原是利用聲音相近的字句造成的戲語，係將「專此奉托」的「托」字（tanomi）變作「狸」字（tanuki），隨後再轉變為「讚岐」（sanuki），無可譯意，所以只能寫作原意，不能表出它的遊戲的轉變了。

54舊時日本幣制，銀一兩計分作四分，一分又分作四銖，一銖時價為錢八百餘文。此處「四百」讀作「一串」，因用寬永四文錢凡百枚為一串，作四百文使用。蓋瓶助原來抵押二分約半銖，經老為以二分二銖贖去，後又折價以二分銀售去。

55博多在日本九州福岡，那地方出絲織品，帶子尤為著名。

56「翻裡」係一種衣服的做法，女人盛服衣裾的邊沿，表裡都用同一的材料，與平常貼邊不同。

57有些寺院的神龕平日不開放，須於每年一定時日，這才開一次，那一天前去朝拜的人很多。

58日本家庭制度，如無男子承嗣，可用贅婿繼承，但須改從女家的姓，稱曰養子。

59日本古時使用金銀硬幣，普通重一兩，名曰小判，形扁而長圓，故俗名舌頭。

60俗以做了壞事情，坦然若無其事的混過去，稱為「貓拉屎」，蓋因貓於拉屎後率以後腳扒土掩蓋，故有是稱。

61荒神為三寶荒神的略稱，佛教裡守護佛法僧三寶之神，三頭六臂，現忿怒相，最忌諸不淨，後因火能消除不淨，遂以灶君為荒神了。普通用作守護神講，但此處似言這邊也是荒神，即不好對付的人。

62濃綠帶黑色的衣料，普通只用作婦女外衣，在男子著用甚覺滑稽。

63日本古時男子結髮，中古時代乃剃去前面頂髮，只餘左右及後方仍結為髻，以是頂髮亦須常剃，否則狀甚不潔，亦為不敬也。

64《論語．先進篇》云「德行顏淵閔子騫」，日本戲作者山東京傳嘗取其語，用聲音相近的字句變化為「殘念閔子騫」，見所著書中，三馬今復利用，惟用於腐儒，自屬更見適當了。

65舊時先生之稱不甚尊貴，大抵用於稱呼瞎子或卜卦算命者，故加一「樣」字以為區別，中國別無適合的譯語。

66老鼠別名為社君及家兔，見於《本草綱目》。

67「瓦匠」原文作「左官」，讀若shakan，與「社君」（shakun）讀音相近。「牆壁」原文作「壁」，讀若kabe，亦與「家兔」（kato）相近。

68此一句原文如此，大概是故意亂說，並不是一定根據一句原文改作出來。

69山東京傳（一七六一至一八一六年）係日本戲作者，為三馬的前輩。於著作之外，兼營商業，內製「妙藥讀書丸」，能治頭痛目眩等病，嘗於書中自己廣告，收效頗大。

70剃頂髮時需用熱水先將頭髮擦透，乃可用刀剃刮，與前清時中國剃頭方式相同。

71《詩經》云：「邦畿千里，惟民所止。」《大學》云：「富潤屋，德潤身。」此處即模仿經文。

72黃白即指金銀。

73承接頭髮渣的器物，乃是木板所製，狀如摺扇面。

74日本姓名本來多用訓讀，這裡乃仿照中國用音讀，故致甚為彆扭可笑，但譯文無從辨別了。

75此處乃沿用作漢詩的方法，將姓名分開，作為對句去講，所以便講不通了。

76淨琉璃係日本舊式音曲的名稱，略似彈詞，最初只用摺扇做拍子，後來改用三弦或琵琶，有各種流派，近代有竹本義太夫加以改革，最為有名。淨琉璃可用於堂會，亦多在雜耍場演出，如此處所說即是，故云有三百人上座。

77祖太夫為竹本派的藝人，鶴澤蟻鳳即三弦名家，為說淨琉璃的藝人的助手。

78見《論語．八佾篇》，此一節即本於朱熹的注。

79朝寢坊夢羅久是一個人名，朝寢坊意云睡早覺的人，是句遊戲話，作為姓的樣子，夢羅久亦寫作夢樂。他與林屋正藏與三遊亭圓生均為可樂的門徒。

80日本的落語近似相聲，但只用一人演出，普通稱落語家為「話家」，話即說話的意思，常寫作「咄」字，或口旁新字，非漢文所有，蓋是日本自造的字。

81「傳法肌」與「勇肌」意義相近，但有好壞兩種意思，好的方面則為好打不平的任俠性質，壞的是倚勢欺人，這裡所說正是好的一面。原來的意思是說江戶傳法院的傭人，往往倚恃佛教的勢力，胡作非為，看戲什麼都不給錢，所以有此名稱，原意只是流氓無賴，又因好勇鬥狠，故兼有豪傑的意義。

82日本的落語照中國話說來即是笑話，不過這不是很短的三言兩語所說得完，乃是要經過大約十分鐘以上，才能講明的故事，因為故事重在結末，便是故事的著落處，所以名叫落語。

83《開卷一笑》前後編各十四卷，前編為遊戲文章，後編係彙纂，分類雜俎，舊傳係李卓吾所編纂，重刻本或署笑笑先生增訂。後或改編為《山中一夕話》，編者為咄咄夫，有戊戌正月序，當是前清順治十五年（一六五八）。

84《笑林廣記》，舊題遊戲道人纂輯，凡四卷，分十二類，係改編《笑府》而成。

85岡白駒著《開口新語》，係抄譯中國笑話，多取《笑府》中故事或加以翻案改作，故下文孔糞中日笑話優劣，不合事實，為村學究本色。《笑府》原十三卷，明馮夢龍編纂，日本有選本，相傳係風來山人（平賀源內，一七二九至一七七九年）之作。

86 見「柳髮新話自序」注3。

87 可樂即三笑亭可樂，初出演於江戶雜耍場，為專業藝人的始祖，徒弟甚多。

88 「助手」指輔助首席藝人出演的人。首席藝人稱「真打」，在最後出場，助手演在前面，為之幫助。

89 助高屋為澤村宗十郎之子，其後襲名助高屋高助。

90 日本襲用漢字，有一字的讀法，凡兩字相連，須均用訓讀或音讀，不能一字讀和訓，一字讀作漢音。反是者稱作「湯桶訓」，是不合規則的，蓋「湯」字訓作yu，而「桶」字訓作tō，即tong音之變。

91 日本語中音讀有兩種，一為漢音，是唐朝以後傳去的北方音，一為吳音，則是唐朝以前傳去的南方音，如「家」字漢音為ka，吳音則為kè。

92 這裡即是說故事的結末，但所用係指作詩的術語，稱曰落句，謂律詩絕句的最後結句。

93 此係醫家用語，古方家謂主張用古來方法的中醫，後世家則採用後世即是近世方法的。

94 二條家和歌中尊奉二條為氏這系的一派，他們以《古今和歌集》為模範，極端保守。萬葉家則是指研究《萬葉集》的，或是學作萬葉風和歌的人，雖然《萬葉集》成書要比《古今集》早二百多年，但是其影響卻更是健全得多了。

95 「飲家」讀作nomika，意思也可解作跳蚤和蚊子，所以說在夏天便很討厭。

96 「馬家」讀作baka，就是罵人的「馬鹿」。據云源出梵語，本意原是愚人，舊說出典係趙高的指鹿為馬，蓋出於附會。

97 「香家」讀如kōka，寫作「後架」，古時禪寺在僧房後面設置洗臉的地方，廁所就在其旁，後世遂將後架一名，混稱便所。

98 上文「歎息」一語係用音讀（tansoku），與「痰嗽」（tanseki）音近，遂誤會為吐痰咳嗽。

99 「再見」一語普通用sayonara，但以前武士階級的人則說shikaraba，意思一樣是「然則」。用於告別時，別無再會再見的意義，與各國習慣不同。田中英光有一篇文章，說明它的特殊意思。

100 為假髮之一種，做成鬢髮的形狀，以掩蓋兩鬢者。
101 舊時俗諺云，「讀《論語》者不懂得《論語》」，以嘲讀書人，後又轉變，豐後（Bango）係地名，以豐後調歌曲著名，讀音與「論語」（Rungo）相近。
102 王子是地名，離江戶不遠，取其與孔子讀音相近。
103 言其衣服齷齪，如不是穿在身上，卻拋在廊下，人家便要當作抹布看待了。
104 看書臺是一種書几，高約一尺餘，只有一隻腳，檯面微斜，上置翻開的書冊，讀者席地而坐，便於閱看。
105 普通稱「講釋」，大抵是指說書，塾師講解經書亦用此名稱，故易致淆混。
106 酒本飲太夫係仿竹本祖太夫而造作的名稱，錚錚云云則模仿彈三弦的聲音。
107 上邊是模仿日本說書，但說得一塌糊塗，將《三國演義》的一部分人名也牽強附會上去，接連《太平記》的打仗場面。場口掛著三面牌子照例寫著中央是班名，左右是兩個名角，但多半是旦腳。
108 「號褂」原文作「半纏」，形如馬褂，但無紐絆，後世變為印半纏，背有字號，為工人所穿，此處故意混雜在一起。
109 這是叫倒好的調子。
110 亭主即是丈夫，猶俗言家主公，音讀訛作teishi，取其與孔子孟子讀音相近，作為「子曰」的遊戲語。
111 「山高故不貴，以有樹為貴」，本《實語教》中語，相傳為弘法大師空海（七七二至八三四年）所著，舊時書塾用作為教本。
112 今川了俊（一三一五至一四二〇年）作家訓二十三條，訓誡其弟仲秋，後世稱〈今川壁書〉，為童蒙必讀書，或用作習字本，通稱〈今川帖〉。
113 〈今川帖〉中有一條云「好鵜鷹逍遙，以殺生為樂事」，蓋謂喜蓄養鸕鶿及鷹鸇，以殺生為樂，訛讀為「夜鷹好小便」了。夜鷹本是一種夜鳥，中國古稱怪鴟，晝伏夜出，鳴聲甚惡，日本乃以稱最下等的私娼，在道旁拉客，其代價為二十四文云。
114 〈今川〉原文云：「今川了俊對愚息仲秋制詞條條。」即謂了俊對於他的兒子（實際是他的兄弟，

封建制度有以弟為嗣的辦法)仲秋,所定訓誡各條,今訛了俊為兩親,愚息為不足,仲秋為中取,皆聲音相近。「中取」係田家用語,蓋言從密植蔬菜中拔取其不良者。

115 這裡借「不」為步,即是象棋中的步兵,一入敵境即過了河,它就加強了能力,這是棋法稱為「成就」。又因它在原有能力之上兼有金將的作用,即上下左右,及上方兩斜角,共有六方可以進出,所以又稱作「成金」。這成金又以稱投機暴發的富翁,名詞就比原語用得更為廣遠了。

116 這是一句成語,喻言還是一樣,即不分勝負。故事說太郎兵衛出錢坐了轎子,半路上轎底脫落丁,太郎兵衛還是只能在轎子裡和轎夫一同走著。

117 「肅靜」原文云「東西」,係角力開場時高呼警眾,令東西兩方的人勿喧擾的成語,後來移用於他處。

118 這是指望夫石的故事,特別是說大磯地方的虎石,據說是曾我十郎的愛人虎御前所化的石頭。

119 原語云,「果報睡著等」,意謂果報非人力所進退,故當靜以待之,本意兼指禍福,後乃專指好的方面,即謂幸運。

120 「彷徨路頭」,意云乞食。

121 三里係指日本里數,約合計中國的九里。

122 至妓院遊玩,付不出錢時,留一人做抵押,自己先歸來了。

123 二町目指吉原京町二丁目,為江戶公娼集中的地方。

124 格子係指木製直格。吉原舊時妓女列坐格子內,任遊客選擇,若貨物然,亦有熟客就窗外立談,將頭靠近格子,致臉上有痕者。

125 原文云「源之助」,謂澤村源之助,當時名優,以演戀愛劇中小生出名。

126 舊時日本小說作者常在書中出來說話,對於故事有所說明,甚或藉以做廣告,宣傳自己所售的藥品等。

127 「吃屎去」猶云「放屁」,江戶語「可吃」(kunbei)與「軍配」(gunpei)音近,故雙關的連下去說「軍配團扇」——舊時將帥指揮軍事用的「掌扇」,此種語言上的遊戲,不易翻譯,只好在可能的時候改用意譯,以見一斑。

128 舊時至妓院遊玩付不出錢，及此外有犯規則時，如「跳槽」等，吉原有一定制裁，今但統譯其大意罷了。

129 江戶昔有名野呂松勘兵衛者，善演木頭人戲，所做木頭人形狀，頭扁平，色青黑，狀甚滑稽，一時甚見稱賞，名野呂松人形。後因此而稱蠢笨的人，改寫為「鈍間」（noroma）。

130 掃墓舊俗於灑掃之外，並供鮮花，此處原意指花錢，但妓院的纏頭亦稱作「花」，故義係雙關，下文「全堂的花」原文云「總花」，乃屬後者的意思。有闊老入妓院，給予「總花」，即總付該院內全部娼妓的代價。

131 「到寺裡去」即言掃墓去，因日本人十九奉佛，各家有檀那寺，世代祖先悉葬在那裡，故上寺去並不專為禮佛，實重在敬禮祖先。

132 日本寬永通寶錢凡有兩種，普通者值一文，其背有波紋者以一枚當四文。此處言買花總值三十文，只肯付二十八文，蓋說他的嗇刻。

133 此處原文取字音相近，表示詼諧，今從意譯，故無從瞭解了。

134 江戶時代法律通姦有死罪，得以當場殺死，惟本夫亦有從寬者，例由姦夫出銀七兩二分，作為賠償。

135 結婚時所唱謠曲，即指〈高砂〉，凡祝賀時多用之。

136 結婚中最簡單的一種，但尚有新遷一處，男女同時住下，形似一同遷來者，則更無什麼儀式了。

137 日本舊俗，出嫁婦女齒皆染黑，係用鐵浸醋中取汁，故稱鐵漿。

138 此係一句俗語，意云不將事情說明，有些醜事顯出，便脈絡不能明瞭，此俗語用於須說出什麼秘密事情的時候。

139 事實上雖沒有用什麼轎，但通常說新娘總是說抬來了，實隱含有這種意思。

140 「豆板醬」原文云「味噌」，在製醬湯的時候需要將醬研細，裝入乳缽用擂槌細研，此處刨松魚為碎片，加入湯內煮成。

141 鯣魚古名柔魚，《本草圖經》烏賊魚其無骨者名柔魚，《閩中海錯疏》稱其似烏賊而長，色紫。日本曬乾用火烤，於祝賀儀式上多用之。三三九度係指結婚舉行交杯的儀式，用三組的酒杯，各獻酬三次，共計九回。

142 原文云「椎實」，狀如櫟樹，結實如皂斗而小，可食，或云形似錐故名，那麼原是漢名，不過不管曾見過。日本大辭典云，漢名柯樹，未詳所本。今姑譯作野榧果。

143 所謂通人，就是雅人，與俗人相對，言其通達世故人情，後來則指熟悉花柳社會情形者，便意義大有改變了。

144 頭頂凹凸不平，剃頭的便很為難，不易下刀，故言罪重。

145 日本佛教淨土真宗的祖師親鸞及其高弟二十四人的寺院，信徒朝拜遺跡，稱為二十四輩，此言頭上凹凸甚多，遍歷一次，可以相當。

146「奴舊跡」承上文名所舊跡而來，上加「奴」表示輕蔑之意。

147 楊弓以楊木所做，二尺八寸長的小弓，供遊客習射的地方，有美婦為客拾箭，招引冶遊者，稱楊弓場。土弓席則與楊弓場相對，係大弓的射垜，取其與「奴舊跡」一語聲音相同。

148 上文二十四輩係是真宗，故這裡問是何宗旨。日本佛教中宗旨紛歧。各不相下，如法華宗信者至有「淨土無間，禪天魔，真言亡國」的口號，江戶政府因禁止天主教，亦鼓勵人民信奉佛教，以此更引起人民這宗旨之爭來了。

149 山王老爺此處係指江戶赤坂地方日枝神社所祀的神。本來這不是佛教的任何佛菩薩，乃是神道教中大三輪神，作為佛教的護法，稱號曰山王。陰曆六月十五日舉行賽會，極為熱鬧，為江戶二大祭之一。

150 此指淨土宗及法華宗，前者念南無阿彌陀佛，後者念南無妙法蓮華經，稱為「御題目」，以代佛號。

151 在山王賽會上一種用具，係一四角木箱，上寫什麼神社御祭禮，住民一同等字，飾以各種花朵。

152 吹火漢子（Hyottoko）係一種假面，狀如一人吹火的樣子，裝作尖嘴，圓眼又左右大小不一，甚為滑稽。

153 音羽屋為當時名優尾上菊五郎的稱號。

154 俗語云，俗人與妖怪在箱根以東是沒有的。江戶在箱根山的東邊，這裡便是江戶人的自誇，說他人的裡邊找不出這兩種物事。

155 江戶子即江戶人自誇的名稱，謂生長在江戶的人。

156 因為嘲弄的人又增加了一個，故云來了大軍。

157 這裡熊公係模仿說書人的口氣，在謠曲〈船辨慶〉中有句云，其時義經一點兒都不驚慌，此處即襲用其語。

158 「多少匹」即云多少個人，這裡稱匹乃作牛馬計算，表示輕蔑。

159 捉迷藏，尋草鞋，皆兒童遊戲名。在眾中選擇一人稱作「鬼」，令捕捉人或找尋草鞋。

160 一分為銀一兩之四分之一，約值後世金二十五錢。

161 原本這裡有一注一行云，本町二丁目香粉的名稱。

162 江戶水乃一種化妝水，由三馬創製發售，這裡兼帶一種自己廣告的意思。

163 下村為常盤橋兩替町的下村山城掾的店，松村為住吉町的松村莊左衛門的店，皆以頭油著名。

164 玉屋售胭脂，在日本橋本町二丁目。

165 澤村源之助即尾上松助，當時的名優。

166 日本高野山真言宗寺院照例禁止婦女登山，掛「女人禁制」的牌子，但現在已無此例，所有僧侶均已娶妻食肉，與在家人沒有兩樣了。

167 這是說有了麻臉，可以拒絕，無掛牌子的必要了。

168 意云小白臉為女人所追求，不勝其煩，有啥好處？

169 幸四郎即松本幸四郎，此為第五代襲名，在當時很有名。

170 四百為下等娼妓的纏頭。

171 相愛的男女慮有外來的障害，常以截髮切手指，表示衷情，甚者至以死殉，稱為「心中死」，亦云情死。今手指有創，故戲言對於砧板表示心中。

172 戲中朝會常有侯爺（大名）數人列坐，狀甚尊嚴，而無所表演，猶中國之跑龍套，故今用以嘲笑在旁的眾人。

173 曾我五郎十郎兄弟報仇的故事，戲劇上演出曾我兄弟皆甚為窮困。

174「七個腳色」謂以一人兼演七役，即就曾我十郎、五郎、鬼王、團三、工藤、朝比奈、虎御前、少將這八個人中，演七個腳色。團三即道三郎，與鬼王二人同為曾我的家臣，竭盡忠義者，工藤祐經則是曾我家殺父的仇人。

175此為玩具店在門口呼客叫賣的口調，在江戶淺草觀音寺的境內，有龜山忠兵衛的店，專賣這類玩具，叫作「蹦啦跳啦變化啦」，亦稱「龜山的妖怪」，有罩在傘底下的人翻轉過來，變成了一隻貓，此類玩具尚多。

176雷門的後面即是觀音堂所在，正當的名稱是金龍山淺草寺，但普通只叫作淺草的觀音罷了。寺的山門本來有風雷二神的像，故門以雷神得名，今像已不存，而地名如故。

177日本每年照例於年底舉行大掃除，平時有什物找不到，常於那時候發現，因各角落無不搜查到。

178原文云「者」，為「其者」之略，大意可云「此道中人」，指非尋常婦女，為藝妓或娼妓之屬。

179淨琉璃豐後節為江戶政府所禁止，分為富本節及常盤津節兩種調子。常盤津節之創始人為常盤津文字太夫，其後一派弟子多以文字為名，這裡稱某文字大抵即指此派的女師傅。此處本寫作「仇文字」，因仇雖訓作仇敵，而讀作ada，與婀娜相同，故亦可借訓作嬌冶，今改寫為「婀娜文字」，庶不致誤解。

180因為怕懼某人的勢力，對他特別加以優待，稱為「強持」（kowamote），沒有適切的譯語，只能成為冗長的意譯了。

181日本人舊說長子多遲鈍，不及諸弟的機靈，稱之曰老傻。

182俗稱聲音圓熟老到，謂有閒寂之趣，稱曰sabi，寫作「寂」字，與生鏽同音，此處本取雙關，但因下文「鏽」字沒有著落，故在這裡多插一句以補足之。

183有喜慶事的時候，例用赤飯，係以江米入蒸籠中蒸熟，加入赤小豆，一名強飯，以別於用鍋煮的米飯。

184意云幫忙到底，連火葬時也到場。

185「回頭轎子」是常盤津舞踊劇之一，為櫻田治助所作，說次郎作和與四郎兩個轎夫，途中敘說妓院中情事。

186 此處乃指書本的末一頁，照例寫出版書店名的地方，伊賀屋店號「文龜堂」，專出版通俗小說及曲藝等書。

187 俗語云，「說著閒話，影子就到」，猶中國的「說著曹操，曹操就到」。

188 日本古時計時很是特別，晝夜各分為六點，子午正都稱九點，以後一小時作為半點，依數目逆數，如十二時為九點，則一時為八點半，二時為八點，四時為七點，十一時為四點半，以下便又是九點了。這裡說四點，即是上午的十時。

189 「前幾時」略去下文，係招呼例語，意云前幾天看見你，種種的失禮了。

190 靈符指各神社寺院所出的符籙，有神像或文字種種。

191 人家不來訪問，表示見怪，此為極俏皮的表示。

192 此處暗示妓院。

193 那邊即指吉原，為公娼所在地。

194 小妞兒為十歲左右的女兒，在藝妓處見習，兼服雜務，稍習藝事，及年紀少長，就成雛妓了。

195 俗語「鬼拿鐵棒」，譬喻強上加強，意云全美，大佛加蓮花，則是臨時加上去的，為原來所無。

196 「女人」原文云「年增」，意云年華老大，蓋古時以女子二十歲為年輕，過此以後便算過了妙齡了。

197 此係模仿展覽異物的人口頭的說話，因上文說臉與身體各別，故續言啼聲似怪鴟，謂其實在乃是怪物。

198 「和尚後襟」指僧綱衣領高聳，高出頂上，故頸短頭圓的女人，稱曾綱領，亦云和尚後襟。

199 此一節話蓋仿大人哄騙小孩的說法，說給點心吃，末了又說有大姐兒來了。

200 用純淨豆沙加入白糖及石花，凝結而成，其色深紫，云源出中國，舊名羊肝餅，轉為羊羹。有中間加米粉者為蒸羊羹，這裡所謂西洋羊羹，蓋即指此，平常的一種則即是本地羊羹也。滿月餅如茯苓餅的做法，惟中夾豆沙，原名「最中」，意言中央，即指其形如中秋之月。絹面餅係糯米飯搗作糕，表面光潔如絹綢，故名。日本糕餅同訓，普通稱餅的東西實際上卻是一樣的糕。

201 戲言，係指熊公。

202 宿醉未醒的人接連吃酒，稱云「迎接酒」，謂能使酒意發散，今吃點心故戲言「迎接糕餅」。
203 狐狸顏色即棕色，因點心名為狸子餅，故意的說狐狸。
204 並無此種點心，因上文狐狸而引出來的戲語。
205 美作餅本係美作地方祝賀禮品，傳於江戶而加以改良者，乃橢圓形有餡的糕餅，染成紅綠二色。小鹿兒餅係含餡的餅，煮赤小豆附著在上裡，狀如鹿斑，故名。
206 牛蔓餅未詳。葛粉饅頭乃以葛粉中包豆餡，表皮透明。
207 紅梅以麥粉加糖及雞蛋，做成梅花形，染成紅色。淺茅軟糖係牛皮糖之類。
208 水仙捲以葛粉加糖製成，略如雞蛋捲的樣子。中華饅頭以麥粉和雞蛋為皮，中裹豆餡，做扁平形，蒸烤而成。
209 栗殼餅外著米粒，狀略似栗殼。鶯餅裹豆餡，捏成菱形，外糝青色米粉，取其狀似黃鶯。薄雪饅頭以麥粉雞蛋製成，外糝白糖。阿倍川餅係以地名，內係年糕，外以黃豆粉加糖糝之，略如北京的驢打滾。
210 狸子餅未詳，疑係指顏色而言。「驢打滾」原云「餡轉餅」，謂在餡中滾轉，即是裹餡在外面。
211 參看注122。
212 中西善三注云，言無法可施。此蓋係俗語，究竟如何關係，仍屬未詳。
213 即期支票謂到處有效，能公自己誇示面子之大。
214 「上去」謂到裡邊去，指店堂內的一間，係鋪有席子的住室，也即是吃飯的地方。
215 此指工人打扮，平常人穿長的和服，只繫一條短的褲衩，勞動者則著短衣，底下便用長的褲子。
216 日本人相見招呼，常用天氣做材料，如早晚冷暖，只是一種習慣語句罷了。
217 原語只是說「今天好好的」，下文隱藏著，但意思不能明白，所以補足說明了。
218 參看注188，已刻四點即上午十時。

卷中

德太郎與夥伴

聖吉：「喂喂，我要請你看昨天來的那封信。裡邊有地方，我總是不能懂得。」說著從懷中取出信來，把要緊的地方給人看。「這裡沒有問題。看吧，從此處起。昨晚所約之金子五枚領收。這是演義裡邊常見的文句，所以大概是懂得的。」

賢藏：「就是說銀五兩的事吧？」

德太郎：「這是借錢的信吧？」[1]

聖吉：「是的。」

賢藏：「呀，惶恐得很。借給她了吧。」

聖吉：「這地方覺得也可憐相，所以略加雨露之情嘛。」

德太郎：「這真是難得[2]了。」

聖吉：「在這裡你們聽著吧。本應早日奉覆，致伊耶[3]之意，但因昨日略感風寒，服務處所[4]亦正在休假中，——就是這地方。寫信來借五兩銀子，又說本應早日致伊耶之意，這是什麼意思呢？如果說討厭，那麼就不寫信來好了。還是意思說我沒有說討厭，就趕快給了她的事情呢？」

德太郎：「喂喂，這也是足下的不對了。所以說你應當從文字方面進去一點才好。」

聖吉：「什麼？要去說豐後節的書，這文句就能瞭解了[5]麼？」

德太郎：「什麼呀，只要多讀一點什麼書，就可以知道了。書本裡邊所寫的伊耶，即是和文裡的禮的事嘛。這禮當然是禮義的禮，和訓讀作伊耶。在演義裡卻弄錯了，把它當作謝禮講了，應當說致感謝之意的地方，說成致伊耶之意，以為可以通用，遂致傳訛了，原來信裡說早日奉覆敬致謝忱吧。可憐的事情是在那女人本無過錯，只是給她寫那信的樣本的人不行罷了。」

聖吉：「哈哈，那就明白了。」

賢藏：「原來有人給寫那信的樣本的嗎？」

德太郎：「當然有，當然的。略微懂得一點狂歌俳諧[6]什麼的人，或是冒充瀧本派[7]筆法的，都寫那些樣本給人呀。」

聖吉：「這樣講懂得了，懂得了。請看這個吧。那一定的文句惶恐謹言，似乎覺得古舊了，近時便用誠惶誠恐的說法，在這信裡卻又省略了，什麼都沒有。請看這裡。且待近日見面之時節，爾宜末久路泥南無，爾宜末久路泥南無，這樣寫著。」

賢藏：「怪了，爾宜末久路泥南無，似乎是說禮拜蔥和鮪魚[8]了。」

聖吉：「不懂得它的意思吧？」

賢藏：「不懂得呀。」

德太郎：「喂喂，足下們都是不讀書不寫字的同志嘛。所以是叫作俗物。實在是太可歎了。如不再明白一點，懂得點情理起來，那我只謝不敏了。」

聖吉：「可是，這如寫得使大家都能明白，豈不是好。照這個樣子，只有自己一個知道，對方不能懂得什麼意思。假如這樣，寄一張白紙來，更要好得多了。」

德太郎：「這是讀的方法不對呀。爾宜末津留泥南無，這是留字假名寫得大了，津字不好連續，所以讀成末久路了。本來爾宜末津留泥南無，便是見面之時節奉求的意思。」

聖吉：「呵，所以說爾宜末津留的嗎？」

賢藏：「本來不末津留[9]也行嘛。」

德太郎：「末津留就是奉字，如男子寫信就是奉願候[10]的意思。」

聖吉：「不必這樣麻煩的寫，豈不也行了嗎。」

賢藏：「也還是專此奉候啦，等著啦，什麼惶恐謹言這樣的寫，倒通俗好懂。」

聖吉：「是嘛，是嘛。可是那些傢伙，不知道搞的是什麼東西。看的人固然不懂，連寫的人也是不懂得，所以也是可憐得很。」[11]

德太郎：「近來寫這些信的人，因為也弄些古學的緣故。」

聖吉：「什麼是古學？」

德太郎：「就是學一點萬葉家的樣子嘛。」

聖吉：「萬葉家是古怪名字的唐人[12]呀。」

德太郎：「這真是什麼也不明白。萬葉家就是說古風，即是舊式的歌調。」

賢藏：「舊式的歌調那是楓江呀，露友的調子嗎？」[13]

聖吉：「同現在的千藏和芳村[14]是歌調不一樣的吧？」

德太郎：「這樣的事怎麼也不懂得。好像是同唐人說著話似的。」

聖吉：「那是當然的事嘍。這邊咬嚁吧的紀國屋，紅毛的音羽屋[15]的美男子嘛。」

賢藏：「反正總不能在日本說是美男子吧。這裡請看吧。這是咬嚁吧的東印度公

司，紅毛的分號。瞭望所的遠景，松樹兩棵，還有三個大姐兒，都藏在這樣小小的匣子裡邊。看哪，立在那裡的唐人，[16]在窗口正在打著招呼。楓樹長的樣子多好，松樹多麼粗。怎麼樣，請你也看一看吧。這眼鏡是紅毛國的千里鏡。」

德太郎：「好呀，好呀。怎麼樣，怎麼樣。」

賢藏：「這個你們不知道吧。雖然你知道什麼古時候的萬葉家，這種聲調不知道吧。」

德太郎：「什麼呀。這種事情，不知道也算了吧。」

聖吉：「我很知道這些，這是立在通町把各式各樣的眼鏡借給人去看的人嘛。」

賢藏：「唔，你倒很知道，可以算是百事通的人。那些雖然知道萬葉家的，過了時的人，就什麼也不懂了。」

德太郎：「這卻是為了難了。因了別致的事情卻受起窘來了。」

賢藏：「已經有十四、五年了，還看見他過，似乎近時早已故去了吧，就不再看見他了。」

聖吉：「所以嘛，十四、五年以後的事情，已經過了時，就不再知道，叫作什麼萬葉家的遠古的事情哪裡會知道呢？這就不能說是百事通了。總之要是什麼都能知道的話，那才可以說是百事通哩。」

賢藏：「什麼呀，萬葉家什麼都是沒有用的東西。」

德太郎：「這樣的說也是沒法，但是我對於足下也有點意見，可以稍微求點學問。」

聖吉：「學相聲[17]嗎？」

賢藏：「什麼？」

德太郎：「學問呀。」

聖吉：「什麼，與其讀《論語》的不懂《論語》，還不如不讀《論語》的不懂《論語》要好得多。」[18]

賢藏：「不識認得字，只要有錢就好了吧。」

德太郎：「只識認字，不能算是學問。這樣的想頭是錯誤的。」

聖吉：「不過也只是認識字罷了。有了學問，真正品行好的人也並不多。」

賢藏：「是呀，是呀。與其認識字，還不如學三弦，彈舞蹈的曲子好得多呢。認識怪難的字，這有多少的不上算呀。試看觀音菩薩的音字好了。簡單的寫是七百，煩難的便是六百了。[19]這樣看起來，正像是剪了舌頭的麻雀的竹箱一樣，還是分量輕的好。[20]那個，行麼？喏，那個，是七百嘛。」用了火筷，在灰上面寫了來給大家看。「那個，煩難的寫就是六百。看見了吧，這個字。為了一點點就要吃一百的虧。」

德太郎：「這個，像足下等真是難以濟救的人們。我不再說什麼了，請你們隨意好了吧。」

聖吉：「可是那遠古的萬葉家，連那西洋鏡都不知道。」

賢藏：「這個，且丟下吧。知道情理也罷，不知道情理也罷，百事通的百事不通。」

聖吉：「唔，好吧，好吧。」

評論女人

正說著話，鬢五郎留吉兩人從裡邊出來。

鬢五郎：「勞大家久候了。」

德太郎：「特別快的早飯呀。——那個那個，看外邊，外邊。」用手指指著，大家都看外邊。

聖吉：「哈哈，很清清楚楚的浮現出來了。[21]」

賢藏：「是個美女呀。」

聖吉：「不是萬葉家吧。」

賢藏：「是饅頭家[22]。」

德太郎：「好討厭。」

聖吉：「哈哈，紫湖縐的衣裳，帶子是八端織。[23]」

賢藏：「衣裳看得很是清楚，我是只看那臉，所以此外都不看見。」

聖吉：「這裡稍微有點不同。頭上大略總計值三十兩，梳子是散斑的玳瑁，搔頭是時樣的兩支，後邊的簪稍微樣式過時，可是也是玳瑁的。」

賢藏：「眼睛兩隻，完全無缺，鼻梁筆直，通到爪尖。」[24]

聖吉：「嘴巴裂開，直到耳邊，牙齒是一列亂椿子。」

賢藏：「父母的報應在子女的身上。」

聖吉：「去你的吧。說些什麼呀。」

德太郎：「但是倒是個美女。」

聖吉：「似乎是很風流的樣子。」

賢藏：「大概有丈夫吧？」

聖吉：「那個老婆子在後邊跟著，笑嘻嘻的走，那是她親生的女兒。」

德太郎：「對，對。一點不錯。」

聖吉：「若是媳婦，那就應該退後，讓婆婆先走了。」

賢藏：「那裡，那裡，又來了。哈哈，這回來的是宅門子裡的人。」

德太郎：「穿的是紅裡子的全身花樣，結束整齊的，又是好哩。」

賢藏：「怎麼樣，這一個和剛才那一個，挑選起來是哪一個好呢？」

聖吉：「那麼，挑選起來第一當選的是先頭那個女人。但是假如要討老婆，還是這一個安詳得好。首先於家庭有好處呀。」

賢藏：「先頭那一個是，一定吃醋[25]吃得很厲害吧。」

德太郎：「雖然吃醋厲害，可是也很有手段吧。」

聖吉：「無論怎麼樣，老婆還是不風流、醜陋一點的好。這樣說了，並不是我自己娶了醜婦，所以說不服輸的話，那樣的人也不懂吃醋的方法，無論說怎樣的誑話，也相信是真實的，這其間可以在外邊另找好的[26]玩耍。」

德太郎：「第一是家裡安靜的好。」

賢藏：「你自己的老婆原是醜陋的好，不風流，安詳溫順，很看重丈夫，講儉省，家裡安靜，這是很好的。但是朋友的老婆卻是俏皮，嬌媚，者字號[27]出身或是藝妓出身，酒也能喝，三弦也會彈，哎呀，你是什麼呀，[28]好漂亮的樣子，特別會說笑，是這麼的輕浮的人才好。」

德太郎：「這是誰都一樣呀。」

聖吉：「可是這太一廂情願了。」

賢藏：「但是像我這樣的，有一個破舊齷齪的老婆的人，也是吃虧呵。」

聖吉：「可是這個樣子你就也有你的補償辦法[29]呀。」

賢藏：「這樣想的時候，又有像正公這樣的人，有那麼美的老婆，卻喜歡找那些無聊的女人的。」

德太郎：「你也別那麼的說。有如常吃大頭魚的有時吃得膩了，像吃一口秋刀魚的乾魚似的。」[30]

聖吉：「這雖然是如此，可是在旁邊的人看著，也覺得過意不去的，卻是那瀛公了。已經過了時，落在攤子上的治郎左衛門雛[31]似的一個老婆，為什麼對於那個女人是那麼纏綿。[32]可是瀛公卻是一個美男子哩。」

賢藏：「那個女人是配不過他呀。實在瀛公也是人太好了。」

聖吉：「無論什麼時候走去看，總是兩個人靠了火盆坐著，在瀛公的肩下是他老婆緊緊的倚著呢，這可以說兩個身子吸住在一起，無論怎麼看法也覺得過意不去。其實瀛公也是個聰明人，沒有不覺得的道理。雖然是用不著的廢話，我真想叫他們別再那個樣子了。」

聖吉[33]：「離開了火盆，就一起的去烤那烘爐。[34]」

賢藏：「離開了烘爐，就一起的往廁所去吧。」

德太郎：「這所謂偕老同穴[35]之契約不淺吧，但是也略微太過一點了。」

聖吉：「欲庵說得好，從烘爐裡出來，一拉裝飾的線束，變成鳥羽的錦繡。」

德太郎：「變成鴛鴦的精麼？唔，好，好！」

賢藏：「裝飾變化，一變成鳥，那麼老婆是鴨子精[36]了吧。」

聖吉：「用了獨吟的玄茹節，演出舞蹈，配上阿助踊，[37]這倒想看一看。」

賢藏：「可是這恐怕還不能成為鴨子，只是白薯的精罷了。」
德太郎：「那就變成不成樣子的小戲了。」
聖吉：「就是暫時往澡堂裡去，也不肯讓他同朋友一塊兒去。那樣子的妒忌，那還不如去賣大福餅的好。」[38]
賢藏：「賣現在行時的八里半[39]豈不好麼。」
德太郎：「原是女人們各自喜愛的東西嘛。只在家裡全都買了。反正在七去的裡邊，[40]不會漏掉吧。」
聖吉：「別說七去，大概腎虛[41]之內也不會漏掉。」
德太郎：「吵鬧得很。」

上方的商人作兵衛

說到這裡，上方人[42]像商人樣子的一個男子，走了進來。
作兵衛：「怎麼樣，鬢爺。」
鬢五郎：「呀，你來啦。作兵衛爺，你今天到哪裡去？」
作兵衛：「哈，昨天是往北國[43]去了。」
鬢五郎：「是當腳夫去的吧？」

作兵衛：「你說些什麼呀！那是寺岡平右衛門[44]嘛。我是到北國進也不曾進去。別瞎說一起了。」

鬢五郎：「可是也還不知道誰在瞎說哩。」

作兵衛：「雖是這麼說，可是太那麼了。昨天天氣冷得出奇，想煮一碗河豚羹，喝它一杯，[45]可是因為酒是不行，那麼吃飯麼，不，不，還不如往宅門子去收帳，更好得多。這樣想定了之後，便跑到下谷去了。可是，請你聽聽吧。結果非常壞，那混帳東西不肯還欠帳。呸，真是可惡的不講道理的事情。這時候反正事情不湊巧，索性去買一回窯姐兒玩吧，好久沒有幹那沒正經的事了，去那麼鬧它一下子吧。不，不，在這裡有個問題，現在這時候無論哪樣的窯姐兒，也總得要花一分[46]銀子。」

鬢五郎：「一分麼？噯，那就打算上去[47]了麼？」

作兵衛：「無論上不上去，你且聽著吧。這一分銀子，假如我送給了我的阿媽，那就不知道多麼高興呀。不，不，就在這時了，把氣在丹田裡練足了，一分銀子就那麼噹的在胃裡落下。好吧，走到本願寺的門口，走來走去的想，終於想通了。好麼，在寺前把三碗的老糟[48]一口氣喝了，跑了回來了。」

大家聽了一齊大笑。

作兵衛：「非常的熱火，全身都發起燒來了。」

鬢五郎：「了得的上方肚皮呀。」

作兵衛：「什麼呀！上方肚皮是什麼東西呀？說是上方肚皮，也不是行販的東西，說是江戶肚皮，也未必是什麼定做的吧。」

鬢五郎：「定做老牌保證，現錢不二價，五釐折扣也不行的，便是真正有骨氣的江戶子的肚皮。」

作兵衛：「哪裡是現錢不二價，膽子一點兒都沒有，說什麼肚皮什麼度量[49]呢？只會喃喃的說些壞話，一點沒有魄力，緊要的那魄力。哈哈，這是真實的事情，假如覺得懊心，那麼請拿出魄力來看。」

鬢五郎：「說到魄力再也比不上江戶的了。第一是什麼事情都出手來得快。試看這上方的打架的情形吧。

甲：『庄兵衛，且到橋邊來一會兒，行麼？』這樣的說，對方也是一樣的緩慢。

乙：『什麼事呀？是說我的事情麼？』

甲：『嗅，的確是說你的事情。』

乙：『嗅，那是很簡單的事。我因為肚子餓了，要回到家裡去，吃一碗茶泡飯再來，你先去那裡等著我吧。』

甲：『嗅，那是彼此一樣，我也在這個時候，去吃了飯來，你千萬不要逃啊。』

乙：『嘿嘿，為什麼逃的呢？你不要忘記自己說過的話好了。』

甲：『嘿嘿，哪裡會忘記呢。』

乙：『行嗎？』

甲：『行呀。』

乙：『快去吧。』

甲：『這茶泡飯是你先吃呢，還是我先吃？』

乙：『把飯扒拉下去。』

甲：『快呢還是慢。』

乙：『彼此一樣。』

甲：『庄兵衛。』

乙：『忠右衛門。』

甲：『隨後再會。』

這樣說了兩方各自分別，隨後率領了一班手下的人，到了橋頭，兩個人並排站著，大家像看摔跤似的，說這了不起，了不起的看著。這豈不是沒有智慧的傢伙嗎？在江戶這樣哪裡行呢！於是那兩個人就慢慢的動起手了。

甲：『庄兵衛，你往底下站一點。』

乙：『噢，站在底下，什麼事呀？』

甲：『你剛吃了飯，並不覺得什麼難受嗎？』

乙：『你來問我，你自己不怎麼難受嗎？』

甲：『不，我倒沒有什麼難受。』

乙：『那麼，我也沒有什麼難受。』

甲：『那麼我說了吧，前月三十日的晚上，在砂場[50]借給你的蕎麥麵錢三十六文，中間有一文四角的錢[51]混在裡邊，我也是男子漢，所以這可以不算了，清算起來計欠錢三十五文，這裡就請交付罷。』

乙：『噢，你別說這無理的話來。你在砂場有未完，這邊，也有未完的事情哩。你喝了橋頭的炒米茶喝了十幾碗，這個代價我也要請在這裡交付呢。』

甲：『唔，這樣說起來，也還記得的炒米茶。』

乙：『你的和我的未完事項。』

甲：『清算帳目。』

乙：『你想是怎樣的討取。』

甲：『噢，這樣的討取。』就去抓住了胸膛。

乙：『那麼這樣。』這邊伸出手去，像小孩子玩耍，摘那黃鼠狼或是老鼠的把戲[52]的樣子，隨後慢慢的演相聲的[53]那樣子立定了，等他抓在一起，要花許多工夫，連呵欠都要等出來哩。這樣子所以性急的看客看不到結末就散了。比起這個來，江戶子的動手就要快得多。簡直是來不及看的樣子。這個釘十字架的傢伙，[54]說時遲那時快，就用拳頭在腦袋上叭的一下子。什麼這個傢伙，這樣說著的時候，又把小腿骨打折了。切

肉尖刀是平民的魂靈[55]嘛。」

作兵衛：「這，這豈不是傻子麼？切肉尖刀傷了人，人家也為難，各方面豈不是也都受累麼？先是第一如有主人的話，那就對於主人是不忠，假如有父母，也就對於雙親是不孝之極了。說是混蛋，說是不法的東西，都沒有法子比方的大大的失敗呀。」

鬢五郎：「可是這是有骨氣嘛。」

作兵衛：「喂喂，你別這樣說了。這不是有骨氣，簡直是耍橫槍嘛。真是當豪傑的人要能堂堂的說話，用了言論道理叫人佩服，假如不能說服，那便算是無法可想了，放下不理就好。那本來是混蛋，所以對他不免就算輸了也罷。忍耐值五兩，[56]就是讓價說值三兩吧。不以這種人做對手，自身不會受傷，也不給人家說是非，各人也都平安無事。那才夠得上說是豪傑呀。像現在這樣做的，是性急的荒唐鬼，軍書上所說的野豬武士罷了。[57]所以是說世界上妖怪並不可怕，只有傻子是可怕。這樣說來，江戶的父母們對於他們的兒子非得要特別嚴緊的教育不可。不是說句自誇的話，在上方是不可能有這樣的傻子的。人家說大阪的氣象暴烈，也不至於那個樣子。京都特別因為是王城的緣故，男人也是像女人似的，萬事柔和，舉動溫雅。」

鬢五郎：「只講究穿著的京都人[58]知道些什麼？我前年往上方去的時候，走上京都愛宕山去，不曉得從什麼地方來的，只聽見沙沙、沙沙的聲音，也不是海裡波浪的響聲，那種聲響是什麼呢，問那在旁邊的人，答說是京中喝茶粥[59]的聲音，混在一處，所以成為那麼的響聲。我在那時候，真是膽也嚇破了。」

作兵衛：「又說那麼討厭的話。這裡的老闆的嘴，真是再也沒有人說得過的。佛的缽盂[60]嘛。」

鬢五郎：「那是大家都知道的事情。你無論怎麼用力，江戶總是繁華的地方。沒有江戶，貨物沒有發客的地方，所以每年那麼下來[61]的嘛。這是江戶子的銀子，你們來挖了去的。這樣看來，江戶是各地方的要緊的主顧，要是再說江戶的閒話，就要得了報應了。假如是好漢的話，那麼不要下江戶來，且到別地方去做生意，發了財來看。這怕防不成功吧。全是託了江戶的福，所以有了錢呀。」

作兵衛：「可不是嗎，這話倒的確是的。給人家戳穿了這種事實，上方地方的人實在是無話可說。往別處地方下去的貨物，也有不少，可是全體比不上貴地的四分之一。呀，這實在是錯了，糟了糟了。這是師直這傢伙的錯。[62]可是江戶這地方是世上無比的繁華之地，到處是賺錢的機會，就在眼前，好像大道上滿是銀子，叫

人家來趕快來拾，趕快賺錢吧。可是江戶子對於這賺錢的事卻是拙笨，第一好像是不愛這錢的樣子。」

鬢五郎：「這就是所謂燈臺底下暗了。太是靠著近旁，就不大看得見，給站在遠處的人撿了去，這事情便是這樣的。」[63]

作兵衛：「講到這裡，那似乎也不得不說這樣的話了。呃哼，可不是這麼樣的麼！」

旁邊的人：「肅靜！剛才這回摔跤由評判員保管，不分勝負。」大家都笑。

作兵衛：「呀，對大家很是吵鬧了，對不起得很。這裡的鬢公這傢伙一看見我，就是爭吵。哈哈哈。不是對於你們說討好的話，在上方生長的我，因為貴地的人很有情義，又是性情勇敢，我很是喜歡的。這是實在的最確實的事情。」

鬢五郎：「又想來講和了，上方地方的人實在是機靈得很。」

作兵衛：「不不，這些話是實在的，沒有虛假的實情的話。——可是，要輪到我，

似乎還要些時候呢。此刻且去走一遍且來吧。這之後算是我好了。」

鬢五郎：「那麼又要是明天了。」

作兵衛：「唔，不礙事。咄，由它去吧。」

鬢五郎：「又做生意去麼？」

作兵衛：「做生意原是專門，便是剃髮頂的時間也想賺錢嘛。」從錢包裡拿出二十八文來，放在梳頭水瓶[64]的旁邊。「這裡是二十八文。既然給了現錢，又預先給錢，照例如不是減付二成，利率上便不合算，但是錢價便宜，[65]對方也未必答應，所以由我這邊給讓了算吧。」

作兵衛的失敗談

鬢五郎：「你的頭特別大，如不是加三成算也不合式。」

作兵衛：「又說什麼話呀，抬轎的說漂亮的要漲價，[66]沒有聽說理髮的是大頭要漲價呀。」

鬢五郎：「說些什麼，江戶的轎子都未必坐過吧。連路上的轎子[67]恐怕也還沒坐過呢。喂，大家聽聽吧。作兵衛是每年上下的路上，說沒有同行的人。這是有道理的。上下一趟，一總花了二分二銖，真是虧他的了。諸位單是往江之島[68]去一走，頂便宜也

要用它五兩十兩銀子，現在往來一百三十里[69]的長路，卻只要二分二銖。這樣利害的人也真有的。」

作兵衛：「喂喂，吉原的轎子[70]確也坐過，可是碰見了討厭的事情了。說是三班轎子代用，[71]坐上去了倒也還好，一路走到雷門左近，呀呀的做出吆喝的聲音，但是在這以後，卻是啞巴的轎子了。也不說一聲哼，也不說一聲哈，悶聲的走著，而且從後邊來的轎子，都一乘乘的趕了過去。這樣討厭的事情是再也沒有了。我也因為這太是難堪了，便說抬轎的朋友，為什麼不吆喝呢？那抬後肩的傢伙回嘴了，說如要吆喝的話，那麼這裡就吆喝吧！多餘的無聊的話嘛。我覺得再也受不下去，便說那麼不吆喝也罷了，為什麼老讓後邊的轎子追了上去的呢？說那是三班轎子呀，我就說我的不也是三班轎子麼？說你的乃是三班代用呀，假如三班轎子可以吆喝了抬著走，那麼頂好你走了出來自己抬了看。用了粗啞的聲音嚷了起來，我只好也就一聲不響了。」

大家都大聲笑了起來。

鬢五郎：「作兵衛的分量不很輕吧？」

留吉：「用牛頭杠[72]抬了就行吧。」

作兵衛：「阿留這傢伙好久不插嘴了。那個拖鼻涕的，只顧著剃頭好了。」

留吉：「因為是送到寺裡去的，所以不則一聲的抬著的吧。哈哈哈。」

旁邊有一個名叫短八的人，從先頭起就拿鏡子拔鬍鬚，這時用手摸著下巴，開腔說話。

短八：「因了轎子想了起來了，在趕過前面走著的轎子的時候，要說一句小夥子們，辛苦了，這才追趕過去的。」

名叫長六的人，將手巾搭在肩頭，逕自顫抖著兩腿，接應著說。

長六：「是的，那也是一種禮儀嘛。」

短八：「船的確也是這樣的吧？」

長六：「那個倒是不曾留意。」

作兵衛：「呀，說起轎子，還有一回上了一個老大的當。也是從這裡去的時候，說給快點走吧，奉送南鐐[73]二片。喔，好吧，快快的走，大約也五六町[74]遠近，忽然又變得慢了，從容的抬著走。喂喂，趕緊走呀，南鐐一片，可是要快呀，這樣的說又吆喝著，快步走著。走了才有五町，又是慢慢的抬了。為什麼老是這樣慢呢，給我快走的話，南鐐一片呀，慢了就不行，南鐐一片呀，這樣說著又開始跑步走了。這麼三番四次才到了堤邊[75]放下轎子，說拿吧，拿出南鐐一片來，抬轎子的傢伙現出莫名其妙的神氣。好吧，這是南鐐一片拿去好了，可是抬轎的傢伙不肯答應，問為什麼呢，說原來是約好給南鐐三片的。不，這裡給的只是一片呀，說不不，南鐐一片說了三回，所以一共是銀一分二銖，硬是這麼說。因此沒有辦法，結局算是給了一百匹了事。[76]這樣倒楣的事，遇著了不只一次了。」

大家聽了都笑：「呵哈哈哈。」

作兵衛：「我失敗的事情還有哩。那還是我初次東下的時候，不知道往哪一家，去找窯姐兒玩。當初還好，總之都辦好了，等到進房裡去，好吧。看見棉被有三層鋪著，[77]好吧。哈哈，總之是蓋了上邊的這一床被子睡的吧。現在想起來，這因為揣摩事情太是不行了。於是就把上面的被子揭起，在兩層墊被的上邊輕輕鑽了進去，蓋了被窩睡下了。喂，窯姐兒來了，怎麼看了不出驚呢。說什麼惡作劇呀，什麼搗亂呀，喃喃的嘮叨著，便一直去了。真是怪事，我也不記得幹了什麼搗亂的事。一會兒那拖船[78]走來了，說你先起來吧，便起來了。你若是要睡，請在上邊睡好了，便叫我在三層墊被上躺下了。再一細看的時候，原來有一件棉花絮得很厚的被窩，[79]放在墊被的後邊哩。我這裡又是揣測錯了，以為這是窯姐兒的衣服堆積著咧，哈哈哈。現在想了起來，這種傻法真是再也沒有的了。」

大家聽了大笑：「哈哈哈！」

作兵衛：「呀，快去吧，去吧。總之是講話容易拉長，是不行的。再會了，諸位。」

鬢五郎：「請再多談一會兒去。」

作兵衛：「不能老是這樣待下去了。」走了出去。

長六的貓

長六：「好像是雜耍場的說白的男子。」

短八：「正好穿了粉紅色的披風，去吹那嗩吶嘛。」[80]

鬢五郎：「倒是很快活的人。」

短八：「長六，在你的懷裡是放著什麼東西？」

長六：「從新開路的青菜店裡要了貓來了。」

短八：「小貓麼？」

長六：「唔。心裡給它起一個什麼名字好呢，叫作馬駒或是福氣，也太舊式了。想一個什麼特別勁頭強的名字，一時也想不好。」

短八：「叫它作辨慶[81]吧。」

長六：「辨慶也不怎麼好。」

短八：「那麼叫朝比奈還是金時呢。[82]要不然跳得遠一點，叫作關羽也罷。」

長六：「什麼呀，可是這乃是一頭雌貓嘛。」

短八：「哼，那麼等一等吧。叫作巴御前[83]怎麼樣？」

長六：「不大好叫呀。且來叫了看吧。咪咪，咪咪，巴御前來，巴御前來！這不行，舌頭轉不過來。」

短八：「叫作巴也罷。」

長六：「巴來，巴來，巴來！巴，巴！什麼，就是這麼說，也還是難叫。」

短八：「那麼板額[84]呢？」

長六：「板額來，板額來！板額來。」

短八：「好像是在叫反魂香[85]的樣子。」

長六：「不行，不行。」

短八：「且等著吧。喂，我來給貓當一個命名的乾爹吧。嗳，最強的東西，那麼是什麼呀。喔，有有，大大的有了。叫作老虎吧。比老虎更強的東西是再也沒有了。」

長六：「唔，且等著吧，老虎確實是強，但是人家說龍虎梅竹，還是龍在上頭嘛。」

短八：「的確，那也是如此。若是老虎跟龍鬥爭，龍就飛走自在，老虎是敵不過的呀。」

長六：「那麼就叫作龍吧？」

短八：「龍來，龍來！」

長六：「正如叫那小野川和谷風[86]兩個力士的樣子呀。」

短八：「加油加油[87]嗎，噯，那可是不成。」

長六：「但有龍如沒有雲，也是不行呀。」

短八：「可不是嗎，龍也是敵不過雲的。」

長六：「叫作雲吧。」[88]

短八：「且慢且慢。」

長六：「雲也要給風吹散的。那麼叫作風怎麼樣？」

短八：「可是那個風，如遇見紙門關著，也就不能隨便吹進去了。」

長六：「比起風來，那麼還是紙門強哪。咄，索性叫作紙門吧。」

短八：「等一等。紙門也要被老鼠所咬的。」

長六：「是呀，是呀。叫它作老鼠吧。」

短八：「不不，老鼠也敵不過貓呀。」

長六：「唔，可不是麼，貓比老鼠要強。」

短八：「那麼，也用不著這麼辛苦了。」

長六：「為什麼呢？」

短八：「還是叫它作貓就好了。」

長六：「去你的吧！我們卻因此辛苦一大場了。」這時候貓在懷中卻叫了起來，

「喵！」

長六：「什麼，喵麼。這是多麼老樣子的叫聲呀。太是照定規的叫了。若是給我叫一聲汪，就好賣給玩把戲的，[89]賺他一筆大錢。」

短八：「那麼索性就叫它作喵也罷。」

長六：「嗯，這倒不錯。叫作喵也罷。」

短八：「叫作喵也罷，那好像是五大力[90]似的了。」

中右衛門找兒子

說到這裡，一個名叫中右衛門的六十多歲的老頭子進來了。

中右衛門：「長爺，你不知道我們家的小子嗎？」

長六：「不知道。」

中右衛門：「可惡的傢伙，不曉得鑽到哪裡去了，連影子都不見了。」

長六：「今天早上出去的麼？」

中右衛門：「若是今天早上那就好了，還是從前天早上出去，一直到現在沒有回來。」

長六：「又鬧起頭了嗎？你去問過沒有，橫街的戀愛店？[91]」

中右衛門：「什麼，那地方也沒去。真是壞毛病的小子。到什麼時候總不能停止他的傻事情，在我的眼睛還是黑[92]的期間倒還不妨事，現在假如我眼睛一閉，請看吧，家裡就全是黑暗呀。」

長六：「是的嘛，等你的眼睛變白了，便要後悔了。至少也希望能在眼睛還黑的時候，醒悟了過來。」

短八：「若是生了風火睛，眼睛變紅了的時候，那將怎麼樣呢？」

長六：「別說傻話了。」

短八：「吉原弄明白了，家裡是黑暗。[93]真是麻煩的事情。」

中右衛門：「哎，你且聽聽吧。我給那傢伙揩屁股[94]的事，也不知道有過幾次了。」

長六：「便是你給他揩屁股，所以是不行嘛。從這回起，你就是不管好了。」

中右衛門：「可是這也不能那麼辦呀。總之是那讓他欠下嫖帳的人不好。咳，真是很麻煩的東西。像你們的樣子，用心做生意養家，本身既然很好，父母也老後安樂，這是兩面的福氣。我們家的小子，這樣讓父母操心，就是只算叫父母辛苦的罪，將來也不會有好日子過的。父母覺得兒子可愛，捨不得去罰他，可是天老爺是看著，終究要降罰的。這是真話嘛。你們照現在的那樣是很好的，但是要十分用心才好。老人說的都是些好話呀。——呀，現在且去吧。」

長六：「往哪裡去呢？」

中右衛門：「要往地主那裡去一走。哎，再會了。」說著別去。

鬢五郎：「中右衛門也為了他的兒子，很受一番辛苦呢。」

短八：「正是的。」

長六：「好麻煩的兒子哩。」

鬢五郎：「因為是獨養子，容易縱容慣了，就不中用。」

長六：「原來兒子也是不好，父母因為太慈愛了，也有不好。」

短八：「從小孩的時候起，就那麼教養，要怎麼樣就怎麼樣，結果便成功那個樣子。」

長六：「這個時候陷落在什麼怪地方，血脈僨張的鬧著，等一會兒看吧。本來就是有限的一點錢花光了，少許財產只好讓給了別人。」

短八：「真是的。到了這時，別人的意見再也聽不進去了。」

長六：「很好的話給他說了，也是從右耳進去，左耳裡出來了，一點都不濟事。那個孩子在十八九歲以前，是有名的馴良的，不知道什麼時候卻變成這樣的放蕩者了。」

鬢五郎：「一個人過了三十歲，才變成放蕩的，這便難救了。就是這個道理嘛。他所看見的、所聽見的事情，都是新鮮的，所以這裡是再也當不住了。」

長六：「嫖的事情是各種好玩的事都具備了，卻要用錢，是這樣安排好的，所以你非是自己當心，好好的弄不可的。」

短八：「一不小心，就要掉進陷坑裡去了。過了三十歲才陷到裡面去的，覺得這種好玩的事情，以前沒有知道，真是遺憾，便用起錢來，所以便是弓箭和盾牌也都當不住[95]的了。」正說著話，煙管裡的一團火落在膝上。「燙，燙，燙！這哪裡是弓箭和盾牌，簡直是子彈了。」

長六：「落價二百文！」[96]

短八：「大成功，大成功！」

注釋：

1「借錢」原作「無心」，即是不客氣的要錢。此句原云「無字號」，即係無心的隱語。

2原文云「難有」，表示感謝，但亦用作貶詞，意云老實頭人，特別指對於女人的迷戀，或稱作「甜」。

3古語禮曰伊耶，係禮義之意，後世俗語亦稱謝意曰御禮，故致混而為一，如下文所說。

4普通服務辦公之處稱曰「役所」，妓女亦仿照此例，以妓院稱作役所。

5上面德太郎說須懂得一點文字，才能瞭解，這裡卻拉去與豐後節相混，因這一派的藝人常以什麼文字取名，參考初編卷上注179。

6和歌為日本的短歌，以三十一音為一首，有一種務為滑稽體的則稱為狂歌。俳諧本是俳諧連歌之略，也是一種滑稽體的歌，但以一首短歌分為二聯，即上片十七音，下片十四音，由二人分詠，接

連下去，有三十六韻，五十韻以至百韻。其後俳句即由此轉變而出，截取上片十七首，遂獨立成為別的一種韻文了。

7 瀧本派亦稱松花堂派，為日本書家的一流派，祖師為瀧本坊昭乘，以寫假名文字著名。

8 蔥名禰宜，鮪魚名末久路，南無用於南無阿彌陀佛，故可以牽強做如是解。蔥與鮪魚同煮，俗稱禰宜末，為日本常見的肴饌。

9 末津留為禰宜的接尾語，只是表示敬意，並無獨立的意義，但如單用亦可做祭祀崇拜講。

10「候」是侍候的意思，這裡只是敬語，舊時日本官廳等正式公文均須用此種形式，幾乎每半句中即用一候字，故稱為「候文」。

11 這裡著者對於那些一知半解的寫信的人，暗致非難。

12 唐人指中國人，因中國俗稱唐山，但後來也泛稱外國人，如下文所說唐人便是。

13 富士田楓江、荻江露友，均為長唄的名人。日本長唄係歌曲的一種，意云長歌，但寫作「唄」字，與和歌性質完全不同，用三弦伴奏。

14 富士田千藏、芳村伊三郎，均是當時長唄的名人。

15 咬嵧吧即印尼的爪哇島，紅毛係荷蘭俗稱。紀國屋原名澤村宗十郎，音羽屋原名尾上菊五郎，均是日本名優。

16 這裡「唐人」指荷蘭人，後來分別開來，稱西洋人為「毛唐」，意言有毛的唐人。

17「學問」（monomanabi）與「物真似」（monomane）讀音相近，遂致混淆，物真似者模仿各種人物的言動，及動物的鳴聲，在雜耍場演出。與相聲不盡相同，今姑用熟習的名稱。

18 世俗嘲儒生的話，云讀《論語》者不懂《論語》，今更進一步，說不如不讀《論語》的不懂《論語》，意更深長。

19 觀音的音字，草書是七百，真書便是六百，這原是文字遊戲，下文用火筷在灰上寫，本文且有真草兩種字，今只能從略。此故事見於露五郎兵衛所著的《笑話集》中，說八百屋（青菜店）請求觀音的幫助，觀音引真書六百、草書七百的話，表示與八百屋無緣。露五郎兵衛的書在一六九八年出版，比三馬要早一百十五年，可見這話早已有了。

20「剪了舌頭的麻雀」原本云「舌切雀」，是日本通行的民間故事的一篇，說有老太婆因為討厭麻雀要來吃她的漿衣服的漿糊，乃捕麻雀剪去了舌頭。老頭兒卻很可憐麻雀，走去訪問，大受麻雀們的歡迎，加以款待，臨走以竹箱見贈，老頭兒挑選了分量較輕的一個背了回來，打開來看乃全是珍寶。老太婆也照樣的做，把重的竹箱馱了回家，想不到裡邊出來了一群妖怪。

21此處是學那把西洋鏡給人看的說明的口氣。

22饅頭家與萬葉家聲音相近，饅頭為娼妓的俗稱，在當時有小船載妓女接客者，稱為船饅頭。

23八端織是一種做帶子的綢緞，因為一匹的價格等於他種綢緞的八倍，故名。

24這裡也是模仿展覽異物的人口頭的說話，謂其大嘴鋸牙，狀如怪物。參考初編卷上注197。

25女人妒忌俗語云「燒餅」，但其意思與中國不同，因為原義實在乃是烤糍粑，並不是麥粉的胡餅或普通的年糕。

26日本封建的道德於男女關係上最是明顯，男子欲得賢慧的妻子，求得家中的清吉，而於外邊取得補償，蓄妾宿妓，是社會所公許的。這裡德太郎及其夥伴便是這一派的代表。

27「者字號」原文云「其者」，指非尋常婦女，參看初篇卷上注178。

28這兩句係模擬那種女人的口氣，「好漂亮」云云且模仿妓院習慣，用倒說的方法，今只好從意譯了。

29參看上文注26。

30「大頭魚」原本云「鯛」，此係日本借用漢字，北京通稱大頭魚，今從之。秋刀魚亦作青串魚，在魚類中不甚貴重。

31治郎左衛門雛係雛人形之一種，在當時已經過時，不復有人賞玩了。日本三月三日為兒童特別是女兒的節日，是日陳設男女土偶及諸用具，名為雛祭。

32意思是說入迷，也就是如上文注2所說的甜。

33上面聖吉剛說了話，這裡又是聖吉，疑有錯誤，但原本如此，所以現在也仍其舊。

34烘爐係一木箱，四面皆柵欄，其一面開門，於其中擱火盆，上覆棉被，冬天擁被而坐，周身皆暖。

35偕老同穴是形容夫婦的愛情堅固的舊話，近世發現有海綿動物，與蝦同居者，取名偕老同穴。

36上文云鴛鴦成精，這裡加以貶詞，故成為鴨子精了。
37玄茹節乃會津地方的民謠，流傳入於江戶，故此處是說有鄉下佬的氣味。阿助踊也是一種粗俗的舞蹈。
38此處說「妒忌」，原文云「烤」，故下文接大福餅，大福餅以糍粑裹豆沙為餡，烤而食之。
39「八里半」係白薯的別名，因栗子和名音如「九里」，烤白薯其味甚佳，較炒栗子只差少許，故稱八里半，言所差無幾。
40七去即中國古時所云七出，謂一不順父母，二無子，三多言，四竊盜，五淫亂，六嫉妒，七有惡疾，女人有了一條，就可離婚了。
41「腎虛」取其與「七去」雙聲，故上文七去亦未改為七出。
42上方係指京都大阪方面，因為帝都之故，故稱往江戶去云東下，明治維新以後亦仍沿用。江戶文學中對於上方人多致譏笑，發揮江戶子的氣焰，《浮世澡堂》二編卷上有關於言語的爭論。
43北國即指吉原。為公娼集中之地，在江戶的北面，稱之曰國，謂大有勢力，隱若敵國。日本封建制度，分區悉稱為國，往往才及中國的一道，或稱之曰州，如江戶屬於武藏國，則曰武州也。
44日本淨琉璃《忠臣藏》中，第七折說大星由良之助潛伏吉原，寺岡平右衛門以使者往訪，商談為主人報仇的事。
45民間相信吃河豚羹喝酒，可令身體溫暖。
46日本舊法，每銀一兩分為四分，一分又分為四銖，故一分為銀一兩之四分一。此處著者寫上方商人之看重金錢，與江戶子的重義輕利正相反。
47「上去」係專門語，謂上妓院去，亦云「登樓」，因舊式妓院多是樓居。
48「老糟」原云「甘酒」，即江米酒，乃以糯米煮粥，入麴令發酵，加熱飲用，配以薑汁，甘美可口，為夏季普通飲料之一，但係熱吃，擔賣者必備一銅鍋，高呼曰甜的。在本願寺前，靠菊屋橋邊，有一店賣甜酒當時甚有名，每碗錢八文。
49「肚皮」一語兼有度量、膽力諸義。
50砂場為大阪新町西口的地名，新町是妓院所在地，與江戶的吉原相同。

51十八世紀末年仙臺新鑄鐵錢，四角微圓，以三文當銅錢一文，民間看不起它，稱為圓角錢。

52「老鼠把戲」或「黃鼠狼把戲」是一種兒童的遊戲，先由甲伸出左手，乙便用了左手撮其手背，甲又以右手撮乙手背，如此交互做去。

53日本有演「落語」者，是講笑話故事的一種，但多是所謂「單口相聲」，一人兼演多人的聲口，另有「對口相聲」，便是這裡所說的了。從前稱為「萬歲」，一人古衣冠擊鼓致慶祝之詞，於元旦日演之乞錢，其後添出一人曰才藏，隨口說話，滑稽可笑，萬歲主演的人當場糾正之。其名稱亦由「萬歲」而轉變成為「漫才」，結果成為由兩個人演出的一種相聲了。

54由古代江戶流傳下來的罵人的話，等於中國女人用語「殺千刀」，蓋江戶政府曾用種種酷刑，有活焚及釘十字架等，後雖廢止，惟仍留存在俗語上，不曾消滅。

55武士階級有「刀乃武士的魂靈」之說，這裡與它對立的話而加以滑稽化，故說切肉尖刀是平民的魂靈。

56「堪忍五兩」係勸人忍耐的一句俗語。

57「軍書」亦稱軍記，係演義類的戰爭故事，彷彿中國的《三國演義》。「豬武士」是指有勇無謀的武士，豬乃是野豬，中國亦有「野豬奔銃」之說，蓋言其負傷時特別剛勇也。日本豬與豚有別，人的姓名有用豬字的，豚則是壞的名稱了。

58俗語有云：「京都穿窮，大阪吃窮」，謂各地方的風俗偏至，有講究穿與吃的，此蓋係江戶人的看法，意言唯江戶獨不偏向一面。

59茶粥是用茶煮的粥，京都人用以當早飯，江戶一日三餐，故引以為笑談。

60此是民間的歇後語，「佛的缽盂」即是金碗，因「金碗」讀作kanawan，與「敵不過」一語相通。

61「下來」謂自上方東下，參看注42。

62此係《忠臣藏》第三折中高師直對桃井若狹之助所說的話。

63「燈臺底下暗」係是一句俗語，本為人苦不自知之意，但這裡卻言本地的人看不見。

64「梳頭水瓶」原云「鬢水入」，謂梳頭時用以潤澤兩鬢的水瓶，舊時婦女所用有刨花水或香膠水，或是同一類的東西。

65用散錢換銀子，往往散錢要比正價為低，多一些折扣，這裡所說即是指此種情形。

66遊客如漂亮，謂必受妓女優待，因此轎夫也特別多要酒錢。

67「路上的轎子」謂普通旅行所用的轎子，這裡表示不是往吉原去的那一種。

68江之島在神奈川縣藤澤市，島上祀辨才天，為遊覽名勝地，現今交通便利，一天裡可以來回，在江戶時代大概是很花旅費的吧。

69自京都至江戶約計一百二、三十里，每日本一里等於四公里，舊時徒步旅行計費時十數日，這裡所說旅費當係指徒步旅行，但恐怕也還不很夠吧。

70此指普通旅行所用以外，專門供遊客的轎子。

71轎子平常用兩人肩抬，有所謂三班轎子者，用三名轎夫交代，便可走得快，並且一路吆喝，很有威勢，可是價錢也要比例增加了。此外有稱謂三班代用的，仍舊是兩名轎夫，不過說明快走，如三班轎那樣，但多是有名無實，有如本文所說的樣子。

72用三個人共抬一件東西的時候，前邊兩人左右各一，後邊用一個人抬，民間稱為牛頭杠。日本原名「蜻蜓抬」，蓋從形似得名。

73南鐐為日本舊時銀二銖的別名，一片值銀一兩的八分之一。鐐係中國古文，《爾雅》云白金謂之銀，其美者謂之鐐。鐐即朱提銀，出中國南方，故名。

74日本一里計三十六町，約等於四公里，五六町的路即一公里之三分二。

75所謂堤即指日本堤，吉原左近地名。

76「匹」為舊時錢的數量，初以錢十文為一匹，後乃增為二十五文。南鐐一片計值銀二銖，即五十匹，抬轎的三倍索價，應為百五十匹，今結局給了一百匹，即是讓價到南鐐二片。

77三層墊被為江戶吉原的定例，似上方地方無此種習慣，所以作兵衛誤會以為上一層乃是蓋被，便鑽到中間去睡去了。

78「拖船」乃是意譯，原語云「引舟」，此係上方語，江戶則云「新造」，也是取義於船，乃是一種位置較低的妓女，附屬於上級妓女，供種種使役者。

79日本有一種特別的被窩，乃是很寬大的一件棉襖，當作棉被使用，稱為「夜著」，或可用古代寢衣的名稱，但恐有附會之嫌，故寧可不用。這裡作兵衛亦不認得，似乎在上方也是沒有的。

80 披風是指日本古時的禮服，但這裡是用鮮豔的粉紅色材料所製成，很有滑稽的意味。嗩吶是中國的一種樂器，日本雖然由葡萄牙間接輸入，但亦稱唐人笛，賣中國麵者多吹之。

81 辨慶是古代的勇士，經戲劇小說的提倡，很是有名，他是和尚出身，因此他的印象多少有點與魯智深相近。

82 朝比奈三郎義秀也是古時的勇士，跟他的父兄反對當時的執政北條氏，其後失敗不知所終。金時即坂田金時，幼時名金太郎，為有名的大力怪童，相傳為怪物山姆所留養，與熊及猢猻為友，善使一把大斧，其後從源賴光，為所屬四天王之一人。

83 巴御前為木曾義仲之妾，以武勇著名，義仲死後出家為尼。御前係古時加於女子的尊稱。

84 板額亦為勇婦，係城九郎資國的女兒，勇敢善戰，惟容貌醜陋，故又有醜婦之名。

85 俗傳漢武帝因李夫人死，思念不置，乃命方士製香焚之，令死者暫復返魂。日本音讀返魂香為hankonko，與「板額來」的讀音略近。

86 小野川喜三郎為當時有名的力士，任為東邊的橫綱，即江戶方面的首席摔跤者。谷風梶之助為西邊的橫綱，對抗一時，稱為龍虎兩雄。

87 原文本為無意味的呼聲，係用於角力時以助氣勢者，今意譯如此，不甚切合也。

88 此係舊有笑話，由作者採用者。

89 貓如能做狗叫，便可以高價賣給玩把戲的，去做展覽。

90 歌舞劇《五大力》中有「怎麼樣」一語，或故意訛作「念」字音，與貓叫聲相影射。

91 指藝妓的住所。

92 意言還是活著，睜著眼睛看見一切。

93 這乃是一句川柳，是十七言的諷刺詩，熟悉吉原事情，家裡弄得一塌糊塗，用明暗兩字對照，在川柳中稱作「狂句」，非川柳正宗。

94 揩屁股謂給人料理未完事項，此指代兒子付錢還債。

95 俗語云什麼也當不住，加言箭與盾以形容其不可當，但箭係陪襯之辭。

96 衣服如被火燒傷，拿去質當時便要落價二百文了。

卷下

淘氣的徒弟

鬢五郎拿了承受頭髮渣的板，將手指往上揩抹著說：「從前有一個叫作什麼的妓女曾經說過，所謂通人者，就是那不曾進到妓院來的才是通人，至於那些玩女人花錢的，反正遲早總要傾家蕩產的，那真是俗物罷了。明白了過來看時，是這種情形的吧。」

短八：「沒有錯。」

長六：「拐角的宅門終於交到俗人的手裡，川柳[1]裡有這一句，並不是假話。」

鬢五郎：「說什麼通，說什麼通人，與其傾家蕩產，還不如被稱作俗人，存積起錢來要好得多。」

長六：「明知道這個道理，卻是仍舊迷著。」

鬢五郎：「對於那東西，稍微迷了來看也是好的吧。假如在年輕的時候，略微修行了看，早點洗了腳也就好了。[2]愈是內行了，那就愈加花錢了。」

短八：「無論玩到什麼時候，總是那副腔調罷了。」

長六：「給人家翻弄著也是有意思的事情。但覺得是給人家翻弄了，那時候是已經完蛋了。」

鬢五郎：「總之且專心做生意試試看。父母是笑嘻嘻的，老婆也不吃醋。就是在過年過節[3]之前也不用著急，彷彿壽命都延長了。」

長六：「可不是麼。那個證據是，只看去的時候與回來的時候[4]的心情，就可知道了。」

鬢五郎：「樂極苦來，正是說的那個吧。」

短八：「你平常苦了來看，每月三十日便都安樂了。」

鬢五郎：「年輕人若是都同你們那樣，能夠早點明白，那就萬無一失了，但是一般的年輕人總還是不能這個樣子。——嗳。」說著用手指輕輕觸客人的背脊。[5]

德太郎：「嗳，很是爽快了。喂喂，聖公賢公，去吧。」

三人同時：「哎，再會。」

鬢五郎：「嗳。」三人回去。

長六：「是輪到我剃了吧，真是太可感謝了。好容易，才算等到我的輪番了。」

短八：「阿留，你這回別再拉口子吧。」
留吉：「那是不會。你還是把頂髮好好的揉吧。」
長六：「鬢爺，今天是要你給搽一點油了。老是用水刷頭，[6]據說頭髮是容易斷的。」
鬢五郎：「斷了豈不也好麼？」
長六：「那不是很不好看麼？就是我也想多有點風流氣呵。」
短八：「還是饞癆氣為多吧。假如在那臉上，再加上風流氣，那就變成糞色了。」
長六：「我是想弄成路考茶色，[7]所以那樣做的，你的話真是太刻薄了。」這樣說著，進來了一個十二、三歲的徒弟。
徒弟：「鬢爺，還有幾個呀？」
長六：「還有一百五、六十。喂，回家去這樣的說吧，大爺如在那裡等有空閒，等到明天也等不到，還是來這裡等著好吧。」
徒弟：「什麼，老是作弄人。有一百五、六十，太是荒唐了。」
短八：「是真的嘛。」
徒弟：「什麼，說誑……鬢爺，到底真有幾個人呵？」說著，用手指蘸唾沫，在黃漆的道具箱上面做遊戲的圖畫。[8]
鬢五郎：「喂喂，住了，住了。這個徒弟，真很會幹淘氣的事兒。」

徒弟：「很會[9]幹淘氣的事兒，那麼請不要申飭吧。若是幹壞的淘氣，再罵也不晚。」

鬢五郎：「這小鬼真是嘴強，看這個吧，因為太是淘氣，所以衣服都刮破了。」

長六：「燒壞有窟窿了。因為靠著火盆，老是打瞌睡的緣故吧。」

短八：「說話還嘴，不肯安靜聽著批評的傢伙。大爺是脾氣很好的人，所以沒有問題，若是到別處去的話，一天都蹲不下去。」

鬢五郎：「打發出去辦點事情，回來得很晚。洗澡去了，便和人家打架，被送了回家來。到外邊偶然出去，在路邊買油炸貨和大福餅[10]吃。真是再也沒有麻煩的人了。」

徒弟：「好的嘛，反正我不說要來你那裡來伺候呀。」

短八：「那個，你看是那樣的口氣。」

留吉：「昨天，給客人拿茶出來，從袖口裡[11]落下吃剩的白薯來了。」

徒弟：「什麼，這個癩頭皮！你從打更的[12]權助那裡，不是賒了阿市和巧果[13]吃嘛。可是在昨天還催促討還呢。」

留吉：「渾東西，是看錯人啦。」雖然這麼說，可是在師傅的面前有點難為情，把臉變得通紅了。

徒弟：「大家看這樣子好了。因為是真的事情，臉弄得通紅了。」

留吉：「這個徒弟，說出這樣本來沒有的事情。」

鬢五郎：「喂喂，阿留你不要再招他了。別作聲，只顧做你的活便了。」

留吉：「噯。」

徒弟：「你看，挨罵了。」

短八：「這傢伙將來成功一個什麼呢？做商人吧，捲著舌頭說話，[14]是不適宜的，做工人呢，手頭兒不靈巧。——喂，你習字麼？」

徒弟：「幹什麼呀！還不至於有罰習字的罪哩！」

長六：「那麼，打算盤麼？」

徒弟：「算盤？哼，算盤單是第二段。[15]」

鬢五郎：「渾東西，那是起頭呀。只是那一點麼？」

長六：「什麼時候學起頭的？」

徒弟：「到今日已經五十天左右了，頭痛了壓根兒記不得。我們那裡的八兵衛光知道打栗暴，教的時候還是打人居多。第二段雖說剛是起頭，你們卻不知道，在這以前已經學過第一段了。」

鬢五郎：「哪裡有第一段這東西呢。那是小九九吧。」

徒弟：「唔，就是那東西。我學了第二段都頭痛了，若是要學『見一』的除法，那就性命難保了。前天偷偷的回到家裡，同母親說了，她說要是這樣的吃苦，那麼不再去上工也好，就逃到家裡來吧。為了算盤的關係，丟了性命很不上算，所以如果再

教，便打算立即逃回去了。」

長六：「你的阿媽也是糊塗東西嘛。」

短八：「世間有這樣的父母，所以把好人也變成壞人，真是可歎的事情。」

徒弟：「什麼，我們家的阿媽是很好的阿媽呀。哇，這些傢伙真可笑！哇，笑他們好了！不必要的多管閒事的烤鰻魚。[16]」跑了出去，隨即又進來。「阿呀，我把要緊的事情忘記問了。鬢爺，別講笑話，到底有幾個人呀？」

鬢五郎：「還有三個人，所以叫他趕快來吧，你去說[17]去好了。」

徒弟：「唔，我去說去。你如又說誑，大爺便又要說我閒話了。喂，在這裡的這些傢伙，你們試說我的壞話來看。你們頭都被抓著，身子動不得，給甜茶[18]嘗嘗，是我大爺的隨意了。你們認錯了麼？」

長六：「好吵鬧。」

徒弟：「什麼，好吵鬧。真是嘴強的傢伙們。將來成功一個什麼呢？做商人呢，捲著舌頭說話，是不適宜的，做工人又是手頭兒不靈巧呀。喂，你習字麼？打算盤麼？第二段呢，小九九數記得了麼？渾東西，在保全著性命的時候，逃回家裡去吧！喂，你記著好了，阿留這癩頭皮，鄉下佬，傻小子！早點歸還打更的錢！呸！」吐了一口唾沫，隨即哇的吆喝著，逃了回去。

長六：「的確是個淘氣的徒弟。看他慌慌張張的回去了。轉兵衛那裡總之是使用人沒有規矩。」

鬢五郎：「使用人也選擇主人，主人也非選擇使用人不可，這與身家很有關係。」

短八：「一個人的身家要弄得好，只要使用人得力，便是很快的。」

鬢五郎：「什麼事情都憑運氣。沒有智慧的人很是有錢，便被大家尊崇著。」

長六：「在別方面看來，也有寫算都來得，別的事情也都能幹，可是一生貧窮以終的人也是有的。」

短八：「這樣的是世間常態嘛。但是也有什麼事情都能幹的裡邊，通達萬事而缺少一心的人，卻也很多哩。」

鬢五郎：「那就是沒有辦法的傢伙了。一生彷徨打著迴旋，在各處奔走，都站不住腳，這裡那裡的做著食客，[19]住半年或是小半年的裡邊便又厭倦了，只好到別的地方去。過了一年，有點新鮮了，於是又混了進去，便重新做食客住了下去。」

長六：「這樣的東西，可是又容易生厭呀。」

短八：「原來因為容易生厭，所以身子一直安定不下來。而且所謂通達萬事，換句話說也只是茶磨子的本事，[20]沒有一種可以當作本業的。糊紙門啦，牆上貼紙[21]啦，

裝屏風啦，無非是猴子學人樣，總有地方缺少三根毫毛，[22]到了緊要關頭一點都抵不得用。說什麼給做菜吧，也仍是半瓶醋，做不出合適的東西來。做好了時不是味道不好，便是樣子難看，不能到叫人滿足的程度。可是那時候即使人家以為不好，總得奉承稱讚他幾句，本人原來是傻子，所以安心做著食客的，聽了便相信稱讚他的是真話，更是漸漸的伸出頭來了。寫文章來看，連一封信也都不能同平常人一樣，可是自己覺得已是一個書家，說想做一個代書，做一個書記，盡是在吹牛皮。」

長六：「本來因為是不能安身立命的傢伙，所以性情也不安定，精神也終是迷惑著，因此做什麼事都不能做得恰好。可是在表面上看，很是像個樣子，無論拿到哪裡，似乎都像是一個男子漢。」

鬢五郎：「轉到裡邊看一看，可是全不是這回事。在緊要的關頭，全然是不中用。但是嘴頭所說的可是大話。那個家裡，要不是我在那裡便要大為著忙，萬物都得由我一個人獨自周轉著，一切事情不是和我商量，便沒法解決，這樣吹著牛皮，在世間宣傳著。」

長六：「那個做食客的人真是奇怪的人呀。在自己住著的家裡，什麼事也不做，卻來到別家好好的勞動著。譬如在家裡白吃著飯，水也不汲，只是飯來開口，可是到別家去閒逛，便給他們汲水，或是燒飯，跑並沒有託他的差使。其實他們也有辦事的人，可是自己好事，由他去做，叫人家知道他聰明能幹，是個有用的人，將來必要時可以來定時借用四百文，[23]又在沒有地方去的時候可以來住，沒有睡處的時候做個準備罷了。」

鬢五郎：「一點也不錯。動不動就說起過去的榮華來，不問自說，滔滔不絕了。」

長六：「出身好的人，一染上了食客的習慣，也就心思變了卑污了。」

短八：「這是一種食客根性，本來與眾不同的。」

鬢五郎：「食客，吃的是靠邊落角的年糕，[24]——說得很好。」

長六：「川柳裡頂多的東西，要算是食客了。——食客，沒有法子，溺愛孩子[25]的模樣。」

鬢五郎：「多葉沒有，只是粉了，[26]盡是吸著的食客。」

短八：「呀，說到食客，想了起來了。我的阿爸是，你們也是知道的，是很容易掉眼淚的性質，所以一年到頭食客是不斷的。這裡邊當然也有可靠的人，但是既然做了食客，大概可以推想多是壞的了。食客，把食主剝光了衣服，[27]——正如川柳所說的樣子，大抵是恩將仇報的居多。這是萬不可收留的東西。多一個人，就凹進一塊[28]嘛，照這個道理說來，就一定非吃虧不可的。」

鬢五郎：「喂喂，說著閒話，影子就到。[29]錢右衛門那裡的飛助來了。」

短八：「真是的，身上貼了金箔的食客來了啊。」

長六：「那傢伙在這個年紀，聽說是還要尿床哩。」

鬢五郎：「聽說又是喝大酒的倒醉鬼和吃大飯的漢子。」

長六：「那麼三品[30]具備了。」

鬢五郎：「喔喔，別說了，別說了！」

這時候錢右衛門那裡的食客飛助進來了，酒醉得昏沉沉的，搖搖擺擺的走來，到了門口搖晃了幾下。

飛助：「喔，危險危險！加油，加油。[31]呀，各位都到齊了。哈哈，奇字號，[32]奇字號。」

鬢五郎：「怎麼樣，飛公？」

飛助：「怎麼樣就是這個樣子，愈益興致甚好，光降錢右衛門宅，仍舊為食客也矣，山裡的櫻花！」[33]

鬢五郎：「很是興致好好呀。」

飛助：「好興致麼，哼，壞興致呀。這並不是說醉話，你們請聽聽罷。錢右衛門是不成呀，錢右衛門是。可是那老婆也是老婆，無論怎麼樣，總是不成的。實在是，這因為是我，所以給他們幹下去的。真是的，因為是飛助爺，所以這才給他們做食客的。機靈一點的食客，早已再會了。我也不想下去，可是這正如你們大家所知道，我我我要是不在的話，那就是一刻鐘也弄不下去。因為弄不下去的緣故，因為那也可憐，所以給他住下了。真是的，那是為的可憐呀。請你們聽聽吧。因為世間是這個樣子——喏，好麼？錢右衛門什麼，——我，我是在他家裡住著故意給當食客的。真是的，雖不是在說醉話。真是的，因為世間是這個樣子，我這才給他留著的。請聽聽吧。今天早上，才噹的打了六下。喂，起來了。好麼？即刻燒火，給吃了茶泡飯。喏，好麼。吃了之後，從雜司谷轉到堀之內，現在才回來了，現在。真是的，還早吧，已經是什麼時候了？還不到十二點了吧。這邊是這樣的厚道的、實心的給他做的嘛。喂，好麼？可是家裡的傢伙還是不滿足哪。真是的，可不是沒意思的事情嗎？喂，你們怎麼想？從早到晚，辛辛苦苦，裡外的事，都是我一個人幹的呀，然而還要不滿足，真是不上算了，真是的。錢右衛門擺出那樣的臉子，周身裹著綢緞，可是並沒有特殊的好衣裳，就是暫時出外，也是要從當鋪裡去掉進掉出的用。真是的，每隔一日便要點利，[34]單是這筆錢也就很不少了。有我在那裡，給他這裡那裡的打算，才算過得去，可是錢右衛門乃是全不知道這個恩惠的。」

鬢五郎：「那麼當東西的差使，主要是你去麼？」

飛助：「唔唔。」

鬢五郎：「一定是要些賺頭[35]吧。」

飛助：「哼，那是沒有的事。我在這種事情上，是劃一不二的。這邊原是受著人家的照應，也是盡量的想幫他的忙，可是錢右衛門一直都不瞭解。這是全然不懂得道理的傢伙。——噯！（打飽嗝，拉長）喂，好舒服！坐在板凳中央，一位四文酒一合，

[36]一客湯豆腐，[37]非常的愉快了。——噯，這就走吧。」

鬢五郎：「到哪裡去？」

飛助：「那個老婆又受了孕了。」

長六：「去叫穩婆嗎？」

飛助：「什麼，說要坐浴，叫人家給買陳年的乾葉[38]哩。」

鬢五郎：「很好的差使呀。」

飛助：「是食客當然的職務呵。真是的，再也當不住呵。——喂，鬢公，晚上給我做吧。要行冠禮[39]了。頭頂非常的發癢了。」

鬢五郎：「為什麼上火？」

飛助：「就是為了她的事呀。」

鬢五郎：「說話很巧妙呀。」

長六：「為了她的事情那是說雉雞貓[40]的事吧。說起了貓，請看這隻貓吧，在懷中很好的睡著哩。」

飛助：「喂，那麼再見。」就走了出去。

短八：「報應的傢伙，多大年紀了，還準備當食客下去麼。」

鬢五郎：「就是賣賣老糟，也可以過得日子嘛。」

短八：「辣茄[41]這東西，並不是每個人家都要多用的，可是那個也可以成功一種家業。在這樣難得的江戶，不能過得日子，那就壓根兒是不中用的人。」

鬢五郎：「無論做什麼事情，就是住在鄉下，也賺得錢，就靠這一點力量嘛。所以能夠像樣的過得去的人，不必到處旅行，只要住在江戶不動便好了。這是江戶之所以是難得地方。」

錢右衛門

說著話的時候，錢右衛門來了。

鬢五郎：「錢右衛門大爺，你來了？」

錢右衛門：「怎麼樣，鬢公。昨天晚上的地震知道麼？」

鬢五郎：「哪裡，什麼地震，睡著了。」

錢右衛門：「那個地震都不知道，真是福氣。說起福氣，且聽我們家裡的客人的事吧。」

鬢五郎：「飛助嗎？」

錢右衛門：「唔唔。」

鬢五郎：「現在剛來這裡呢。」

錢右衛門：「怎麼，剛才來了？那個猴子變的東西，今天早上忽的爬了起來，吃了

現成擺著的飯，往日本橋去了，直到現在還未回來。差他去只有五町或是六町遠的地方，也有大半天，很是不合算。」

長六：「他說不是日本橋，今朝早起，從雜司谷到堀之內去了來的。」

錢右衛門：「這又是他的得意的誑話了。像那個傢伙那樣的，善於說誑的再也沒有了，信口開河的說個不了。今早起來，是八點鐘打了這才起身的。是在家裡的人都吃了早飯之後了。本來吃現成擺著的飯倒也罷了，可是你自己吃的飯碗，總得洗洗吧。我一個人在後吃完的時候，我也是願意自己去洗，可是他卻是一向不理會。昨天晚上，又不知在哪裡喝了酒，成了泥醉，來同家裡的人找起碴兒來了。」

短八：「很壞的酒脾氣。」

長六：「真是麻煩的人。」

鬢五郎：「今天早上也是醉了來了。」

錢右衛門：「喝了迎接酒[42]了吧，這渾東西。」

短八：「倒是特別講究呀。」

長六：「錢右衛門大爺，轟了出去豈不是好。」

錢右衛門：「這因為有點可憐，所以留他住著了。若是從我的家裡被趕了出來，立刻要沒有地方去了。」

鬢五郎：「可是零錢盡夠花消，這也是特別的。」

錢右衛門：「什麼，那是有道理的。凡有買賣東西，絕不肯那樣便放過去，那非得拿些底子錢[43]不可。但是我們家裡的人很多，好像是全班合演的第二齣戲[44]的樣子，所以食客是常有的。向來沒有藏著隔夜的錢[45]嘛。在我的家裡來的錢，是叫作初三月亮的錢，[46]或是閃電錢的，不論怎麼樣，只是一瞥見，隨即出去了。可是用錢的方面卻是來得利害，這裡是很為難。無論怎麼，反正沒有成財主的意思。吃著好吃的東西，過了一世，最是上算了。至於財主根性，那是別樣的。請看我們鄰居的多福羅屋吧。通年嗇刻的過日子，吃的東西也不吃，好像一生是被雇著做金銀的看守似的。那樣的積存下來的東西，死了之後是帶不去的。身後也沒有兒子，整個的留給不相干的人，真是沒意思的事。」

鬢五郎：「人家說是嗇刻，其實像財主這樣大氣的人是再也沒有了。為什麼呢，請

看他把辛苦積下來的錢，送給不相干的人，所以這樣大氣的事情是再也沒有的了。」

錢右衛門：「可不是嗎？真是那樣的呀。」

長六：「運氣好的時候，自然而然的好事會重疊的來。那邊的家裡是，伯母太太的送終錢一千五百兩，老婆的娘家來的分得紀念的田產兩處，賣價都各值一千兩八百兩，所以這是很了不得的東西。」

長六[47]：「這好像是讀唱戲的包銀帳[48]那樣子。」

短八：「我也想要一個好的伯母。我的伯母是苦命的，光身一個人，還要我來照應。嗳，真好氣人。如果有一千五百兩送終費的進帳，我也可以從伯母那裡，去拿二百三百的零錢用了。」

錢右衛門：「那是孝順伯母，是好事情呀。你好好的孝敬她吧。這是很難得的事。——喂喂，那個老婆子是幹什麼的呀？」

鬢五郎：「哪裡哪裡，唔，那是巫婆[49]。」

長六：「巫婆這種人是戴著一頂很小的竹笠走路的。」

鬢五郎：「是呀是呀。」

錢右衛門：「還提著包袱。」

短八：「是的呀。」

長六：「那是夏天出來走動，在這霜凍天氣倒是很稀少的。」

長六[50]：「因為是寒巫婆[51]，所以值錢吧。」

錢右衛門：「沒有錯吧。」

鬢五郎：「那是裡邊的人家叫了來的。」

長六：「為什麼呢？」

鬢五郎：「裡邊變助的家裡內掌櫃的有點兒不舒服，大抵是先妻的作祟吧，大家這麼說著。」

錢右衛門：「所以叫巫婆來竹撢筱[52]的麼？」

鬢五郎：「大概是那樣的吧。還有那鄰居的甚太那裡的老頭兒遇著神隱[53]了，所以聽說要一起叫闋亡[54]呢。今日就去叫了來了。」

錢右衛門：「哪裡，哪裡。」向著小胡同裡張看。「一點都沒有錯。」

鬢五郎：「沒有錯吧。走進哪裡去了？」

錢右衛門：「在你家的後面的一家進去了。」

鬢五郎：「那麼是甚太的那裡了。變助的家裡大約因為有病人，怕有妨礙吧。」

錢右衛門：「那事情倒也怪得很。」

長六：「像是假話哩。」

短八：「什麼，那是經弘法老爺的試過的，[55]不會有假話。」

長六：「一會兒就起頭來吧。」

短八：「從你家的裡邊可以聽見吧。」

鬢五郎：「小窗裡伸出頭去，就看得見鄰家。」

短八：「現在就偷看一下。」

長六：「這倒是很好玩的。」

錢右衛門：「很妙的哼起來了呢。」

錢右衛門[56]：「原來是變助做的不對。單是在這裡講講的話，先頭的老婆是著實吃了苦。」

鬢五郎：「是的呀。以為辛苦可以減少一點了，卻帶了現在的女人進來，兩個人一起欺負先妻，終於把她轟出去了。」

長六：「很可憐的。那個內掌櫃現在怎麼樣了？」

短八：「也不另外結婚，聽說是住在娘家裡。可恨呀可恨的，一心想念著，後來漸漸的得了病，終於變了那邊[57]的人了。」

錢右衛門：「南無阿彌陀佛！咳，可慘可慘。」

長六：「那是當然不會忘記的。就是我聽了也很生氣哩。」

錢右衛門：「這回的老婆要給死鬼弄死，那是明明白白的了。至於變助的將來也一定沒有好的結果。做了沒有人情的事，哪裡會有好的事情呢？無論怎樣，總不能平平安安的下去吧。」

鬢五郎：「正像現在流行的合卷[58]繡像小說裡所有的情節呀。」

錢右衛門：「一點不錯。若是讀本，那是京傳，或是三馬[59]所作的那種東西。」

長六：「變助的臉，也是照著高麗屋[60]的臉子去畫好吧。」

短八：「頂好是去託豐國或是國貞去畫變助的臉子。」[61]

錢右衛門：「給鬼弄死，變助也就出了頭了。編成了繪本，排成戲劇，這是比什麼都好的功德[62]呀。」

鬢五郎：「如排戲劇，那是鶴屋南北[63]的腳本，音羽屋[64]的老頭兒的腳色吧。」

錢右衛門：「無論哪方面，都很能幹的人嘛。」

長六：「是造化很好的人。」

錢右衛門：「鶴屋南北在從前是扮大面的，可是等級表上是上上吉[65]的名人。」

鬢五郎：「這是他的家系，是腳本作者。」

長六：「是勝俵藏[66]的改名嘛。」

錢右衛門：「噯，是俵藏麼？」

長六：「應付很是機靈呀。」

短八：「確是了不起。」

長六：「我說，今年的全班合演是大成功，全滿座呀。」

鬢五郎：「我是忙得很，終於沒有去看。」

錢右衛門：「現在的年輕人的確是靈巧得很。雖然大家稱讚從前的優伶，試把從前所謂名人好手的優伶送上現今的舞臺去看吧。與當時的流行不相合，完全行不通。在亮相的時候，在使勁的時候，身子全不動，這是古時的藝風。現在去做這樣的事，看客便不懂得了。從前的時候，所謂戲[67]實在乃是戲，現在的戲不是戲了，除了不用真力真槍打仗以外，此外都是實演的。慶子[68]是七十幾歲的老頭兒了，卻在扮演十四、五歲的閨女，這是從前的事情了。那時候的人照那時候的風氣，也就成了，但是在現今的世上，七十幾歲的老頭兒扮成十四、五歲的閨女，看客可是不能答應的。扮阿半的非與阿半年齡相稱的優伶，扮千代的也非得與千代年齡相當的優伶去擔任，[69]大家就不承認。而且年輕人也真靈巧，所以什麼事也敵不過。這不但是優伶如此，一切的事情全是年輕人的世界呵。可是全班合演的第二齣戲，無論何時總是下雪天，[70]高麗屋的老爺子說著照例的漂亮話。和田右衛門，還有築地的善公，[71]無論何時總是一樣第二齣出來的臉，實在像是全班合演的樣子。[72]和田右衛門是還叫作中島國四郎的時候，就認識的。那個高麗屋的老爺子是屢次改換名字的人嘛。築地的善次也從寶曆年間[73]長久登臺，得人心的，很有人捧場的優伶。這樣是築地也回不去，就成為通行的一句話了。」

鬢五郎：「彥左衛門[74]聽說辭了舞臺了。」

長六：「怪難懂的話，說是什麼辭了。」

鬢五郎：「我是傳染了大爺的口調了。」

短八：「善次剛改成彥左衛門，從前就是善公麼？」

錢右衛門：「從前就是善公嘛。真是難得的優伶呀。」

長六：「插花也是大先生哩。」

鬢五郎：「這是誰都知道的事情。」

短八：「是風流的事。」

錢右衛門：「可是戲院興盛，優伶巧妙，也總沒有及得當時的了。」

鬢五郎：「說到古時候，也沒有能夠及當時的了。」

錢右衛門：「可是古時候是萬事的祖宗，所以的確有它的好處。現今世上卻將古時候的事情作為基礎，再往上爬了上去，所以人們確是更加聰明了。」

鬢五郎：「這樣想了起來，我們的後邊，有一個俳諧師[75]的和尚。你大約也知道吧。」

錢右衛門：「唔，是個傲慢的和尚呀。」

鬢五郎：「亂說些什麼之乎者也，嚇唬不懂得人。這傢伙可是鬧了一個大笑話。」

錢右衛門：「哼，怎麼樣了？本來並不懂什麼俳諧，卻模仿芭蕉，[76]聽說出外行腳去了。」

鬢五郎：「這傢伙煞是可笑。自以為是芭蕉，戴了別致的頭巾，好像是算卦的模

樣，頸項裡掛著頭陀袋，手裡拿了叫作如意的東西，這樣出發了，這倒還好。」

錢右衛門：「這樣先有了個老師的模樣了。」

鬢五郎：「什麼，從越後方面轉到什麼地方的小路上，據說在野外露宿了。」

錢右衛門：「嗯。」

鬢五郎：「在那天晚上，卻被狼吃了。」

錢右衛門：「呃？」

長六：「給狼吃了？」

鬢五郎：「是呀。」

錢右衛門：「呀，真會有怪事出現呀。」

鬢五郎：「就是這一點。古時候的芭蕉是名人好手，聲名流傳於後世的那樣人物，所以也在山野露宿，也經過山路的艱難，幹那行腳的勾當。因為具備德行，所以能免除災禍。現時的和尚什麼搞俳諧呀，出去行腳呀，模樣是芭蕉，可是心裡不是芭蕉，所以給狼吃了。」

大家笑著：「哈哈哈。」

瀧姑的乳母

這時進來的是財主家的乳母，拉著似乎是那位的姑娘，五歲左右的孩子的手。

乳母：「大家笑的是什麼呀？」

鬢五郎：「奶媽，今天不早了。」

乳母：「今天是大奶奶[77]的出門。」

鬢五郎：「喔，到哪裡去？」

乳母：「上戲院呀。」

鬢五郎：「這個月很遲了。」

乳母：「什麼，已是第三回了。」

鬢五郎：「為什麼不陪了去的呢？」

乳母：「陪著奶奶去，很是不痛快。因為這孩子不高興去，所以也沒有意思看，可是去了真想看時，又不能照料這孩子了。」

長六：「奶媽是有事情比看戲還要有趣[78]的吧？」

乳母：「有什麼呢。——啊，瀧姑兒，危險呀！在那裡要是摔了，乳母可就糟糕啦。母親不在家的時候，若是受了傷的話，那麼這才真是打破飯碗了。所以嘛，說是上去是不成的呀。」

瀧姑：「阿奶呀，爬上去吧。」

這時候內掌櫃從裡邊走了出來，說道，「哎呀哎呀，瀧姑兒到來了嗎？喂喂，請上

去吧。阿姨有好東西，留著給你哩。奶媽，請到上邊去吧。什麼，大奶奶是看戲去了嗎？」

乳母：「噯，今天是葺屋町[79]呀。」

內掌櫃：「看重[80]的是宗十郎嗎？」

乳母：「也沒有一定。因為沒定性，所以捧場的人也時時變換。」

短八：「好個沒情義的大奶奶。」

鬢五郎：「對於優伶這也算了。倘若對於丈夫也是這樣，那就了不得了。」

內掌櫃：「但是這是很可羨慕的事情。戲文變換了的時候，好幾回都去觀看。」

鬢五郎：「茶館[81]是丸三嗎？」

乳母：「不，在界町的時候是丸三，今天是新開路的越長吧。」

鬢五郎：「好，好。晚上早點關門，趕去看末一齣[82]戲吧。但是大奶奶去看戲的時候，沒有什麼便宜可占吧。」

長六：「因為女人總是有點啬刻的。」

乳母：「不，我們那裡的大奶奶卻是很會花錢的，還是夫婦兩個人一同花錢，不知道那樣的辦是行嗎，像我這樣小氣的人，旁邊看著也是著急。」

鬢五郎：「昨天大爺早回來了嗎？」

乳母：「噯，昨天是九點過，不，不，十點鐘了。」這時候小孩糾纏著吵鬧，「阿奶呀，剛才的東西給我吧！」

乳母：「噯。——昨天是正十點鐘了，總之是全然泥醉了……」

瀧姑：「阿奶呀，唷！」

乳母：「跳舞到房裡來。」

瀧姑：「阿奶呀！」

乳母：「大奶奶也親自出來招呼，這之後又是喝酒。」

瀧姑：「阿奶呀，剛才的東西給我呀。」

乳母：「噯。——以後一直到了兩點鐘……」

瀧姑：「阿奶呀！」

乳母：「噯。——兩點多鐘，這才睡了。」

瀧姑：「阿奶呀！」

乳母：「答應著噯嘛。你這樣的吃下去，肚肚要痛了啊。這已經吃完了。」

內掌櫃：「真是的，還有送給你的東西呢。正好忘記了。」

乳母：「不，不。已經吃得太多了，隨後再給吧。」

鬢五郎引起耳朵來聽：「喂，喂，起頭來了。」

長六：「這東西有趣有趣。請你給快點梳吧。」

短八：「喂喂，聽得見，聽得見。」

這時候又有傳法二三人進來了，一個叫竹公，一個叫松公。

竹公：「鬢爺，現在成麼？」

鬢五郎：「喔，現在剛好。」

松公：「奇妙，難得之至。」

竹公：「是我在先頭。」

松公：「說糊塗話。是我先伸出頭來的。」

竹公：「是我先跨進門的。」

松公：「先伸出頭來的得勝。你伸出腳去，不見得能開口吧。頭先進去就能開口了。」

竹公：「渾東西，頭能走路麼？用腳走路，所以先跨進門來的。總之是先來的得勝嘛。頭先進來的人哪裡有呢。」

松公：「別瞎說了。腳是步行著先進來，可是如不是先伸出頭，不能辦什麼事情。我是用腳走著來的，卻伸出頭來說話的。」

竹公：「那麼，還是先伸進腳來的好呀。我先把腳伸進了，隨後才開口的。」

松公：「別說討厭話了。那樣這樣的，又不是怎麼講經[83]呀。」

竹公：「渾東西，講經是說那樣的話嗎？」

松公：「不說那樣的話，那麼叫腕力說話來試試看。」

竹公：「喂，你看吧。是那麼固執的人，不理他也罷。」
鬢五郎：「喂喂，兩個是一起的，所以好了吧。」
長六：「松爺，現在這後邊有巫婆正在鬮亡哩。你不聽嗎？」
松公：「這倒是有趣得很。」
竹公：「我也來聽。」
短八：「鬮的是死靈。」
竹公：「是死靈，氣勢才好呀。你給我快點怎麼弄一下，便只把頭髮一捆就好了。」
松公：「等一會兒我也來聽。」說著朝胡同口走去。
長六：「喂喂，就在這家裡聽得見呀。」
松公：「聽得見麼，這是奇妙的事了。哼，這是上等包廂呀。真是難得。」
竹公：「喂喂，阿松，你也試試來鬮點什麼吧。」
松公：「把那個女人鬮來試試看，怎麼樣。」
竹公：「那麼，一定說些嘮叨話吧。」
松公：「抱怨屢次給墊錢，[84]有增無減。」
竹公：「去你的吧！」
松公：「要不然就說你的失信。」

竹公：「她託過你什麼來了？」

松公：「四腳[85]的肉十兩，本來應該給她買了去，可是那一天的晚上給她騙過去了。」

竹公：「沒有一點風流氣的老婆子。」

松公：「據說這個樣子關起活口來，要非常的渴睡的。」[86]

竹公：「那個婆娘洗過了澡，現在這時光正睡著吧。」

松公：「那麼，也正是太郎兵衛請你走[87]罷了。」

竹公：「有很好的辦法了。把這貼在牆上的窯姐兒的畫，同這裡的金時的畫，揭了下來，縛在一起，這樣的關亡豈不好麼。且看這個窯金時說些什麼事。」

松公：「這樣做妙得很，就照樣來辦吧。」

長六：「我也有想關了來看的東西。慢慢的來吧。」

竹公：「奶媽你也不把你在鄉間的丈夫來關一下麼？」

乳母：「不不，據說這是一種罪過，所以不要那麼做。」

松公：「哪裡是罪過。在江戶養著情人，所以關了丈夫到來，一定是要很受申飭的吧。」

乳母：「沒有這樣的事情。口頭雖是油滑，可是心裡是下著鎖的。」

竹公：「心裡雖是下著鎖，可是腰下是開放著的。」

乳母：「討厭。」

松公：「可是並不是真的太討厭吧。——喂，大家都來呀。」

長六：「喂，去聽聽看。」

短八：「好吧好吧。」

錢右衛門：「我也來聽吧。哼，都是小孩子氣似的。」

內掌櫃：「奶媽，你也來聽聽吧。」

乳母：「覺得有點怕人似的。」

內掌櫃：「沒有什麼可怕的。」

鬢五郎：「喂，你別再做要花錢的事了。」

內掌櫃：「什麼，我並不要關什麼亡呀。」

鬢五郎：「哼，要是我不在家，恐怕是第一個跑出來叫關亡的吧。」

松公：「此後是第二編，巫婆關亡的事情說起頭了。——喂，請進來吧，錚，點點！」[88]

巫婆關亡說話，種種有趣的情形，詳細記在第二編裡，等來年甲戌[89]春間出版，在那時候請賜批評為幸。

注釋：

1 日本民眾文學有「前句附」一種，係利用和歌形式，以後二句十四字為題，叫人續作前三句十七字，合成一首。其後離開題目，即以前句獨立，亦可自成片段，因編者柄井川柳出名，故稱曰川柳。其詩因俳諧的影響，主在諷刺，故所寫多係社會風俗，在民間甚為通行，落語笑話中多有引用為資料者。這裡所說拐角一句即是川柳，原本具備十七音節，成為韻語，但譯文只能取其意思，純成散文了。

2 舊社會以宿娼視為當然，只需不入迷就好，故喻為修行，後來早點停止，這便是「洗了腳」了。

3 日本舊時過年過節，最重正月及中元兩次，在妓院尤甚，凡舊相好必索贈衣物，至於商店還欠，乃在其次了。

4 這是說往吉原時心裡輕鬆，及回來想到家庭裡的等著的風波，因此不免心情覺得沉重了。

5 理髮師的一種習慣，即暗示顧客工作已經完了之意。

6 豪傑式的理髮不用香油，只用水刷，及至水乾了之後，前頭的髮束鬆鬆的，算是漂亮。

7 路考是名優瀨川菊之丞的俳名，俳名是俳句詩人的筆名，平常喜歡使用一種黃裡帶青的茶色，後世因以為名。

8 此係文字遊戲畫之一種，稱為乃志古志山，用幾個假名的草書拼寫而成，略如男根狀，與邊末武志畫成人面大略相同。

9日語「很會」（yoku）係從形容詞「好」轉變出來的助動詞，故戲言「淘氣得好」，即不必再罵了。

10「油炸貨」原文云「天麩羅」，本係外來語，乃以麵包裹魚蝦炸食，為極普通的食品。大福餅係江米粉中包豆沙，爐上烤食。

11日本和服袖口皆甚寬大，略如中國僧衣，故其中可裝東西，當口袋用，惟婦女服不同，袖口後面暢開，不能容物。

12江戶時代於十字路口設有守望，由各戶主輪值，另置人看守，稱為番太，略如中國的更夫。

13阿市是一種粗點心，見於《浮世澡堂》，外邊有糖，頗似現代乾點心裡的「石衣」。巧果也是粗點心，古稱「結果」，大約係古代寒具遺制。

14「捲著舌頭說話」，是豪傑的習慣，口氣比較粗暴。

15即歸除算法的初步。

16本來說「多管閒事的吃醋」，「吃醋」原語云「燒餅」，轉化成為「樺燒」，即烤鰻魚，純係言語的遊戲。

17日本語有敬語，但也有表示輕慢的話，在中國便無法分別了。這裡的「說」字，原文使用nukasu，漢文寫作「吐」字，下文徒弟所說一節話中，凡用說字的地方均如此。

18甜茶正當作「甘茶」，中國名土常山，取葉作茶，有甜味，日本用於四月初八日的灌佛會，以澆銅質佛像，用代甘露，凡參與此會者均得分嘗。此處甜茶乃係借用，以喻唾沫。

19凡寄住人家吃白飯的稱為食客，惟中國因有歷史的關係，尚無甚壞的聯想，日本卻是兩樣，即其名稱亦甚滑稽，稱作「居候」，言住在此地，用公式的敬語。食客為諷刺文學的很好的對象，在落語及笑話之中時常出現。

20「茶磨子的本事」謂學無專長的技藝。

21這裡是說從牆上半腰以下，糊貼厚紙。

22俗語云，猴子比人稍差，只因身上缺少三根毫毛。

23 四文錢以九十六枚為一串，計即為九六錢四百文也。

24 日本年糕係用江米蒸飯搗成，即是中國所謂糍粑，製成厚約五分，長方的年糕。切作方寸小塊，在火上烤焦，再加作料煮食，稱為雜煮，為元旦必備的物品。在切方塊時所有的零碎邊角，凡不成正方塊者，稱為年糕的耳朵，照例為食客的食料。

25 食客受主人囑咐，照管小孩，彷彿是很愛兒童的模樣，實際卻是無可如何。日本稱性喜小孩者曰「兒煩惱」，今姑譯作溺愛孩子，雖然實際不大適合。

26 煙草稱曰淡巴菰，寫作「多葉粉」，今將三字分寫，言所吃的煙盡是「粉」了。

27 這裡說太是厚道的主人把食客養在家裡，弄到家產全光，彷彿被剝光了衣服了。原本將食客（「居候」）與食主（「置候」）對立，很是詼諧，且前者有一種威勢，後者則顯示恭順的樣子，在用語上亦很有滑稽的意思。

28 日本坐臥用草薦加席，稱曰疊，臥久則草薦便現凹處，這裡即引此為譬喻。

29 參看初編卷上注187。

30 原文云「三拍子」，謂用小鼓、大鼓及笛三種樂器合奏。

31 見初編卷中注87。原係摔跤時一種口號，難得適切的譯語。

32 「奇字號」即言奇妙，下接字號為民間遊戲語。

33 上邊用了和歌用語「也矣」，故此處接上此一句，模仿和歌的樣子，又「山裡的櫻花」意言雖是櫻花而在山裡，無人理睬的意思。

34 原文指不照複利計算的利錢，此處係當鋪的利息，不還本錢只付利息，俗有「點利」之稱。

35 原本云「虛借」，謂在借錢上作弊，但事實或不可能，故今只籠統說作賺錢。

36 四文一合是廉價的酒，日本售酒以升斗計，一合約為三分之一斤。

37 用白湯煮豆腐，蘸調味料食之，很是簡單的副食品。

38 乾葉乃蘿蔔葉陰乾，用以煎湯，用以坐浴，云善能使身體溫暖。

39 日本舊時於男子十五、六歲時舉行冠禮，稱為元服，剃去前額頂髮。此處只是說剃髮，故作詼諧。

40 雉雞貓謂有雉雞毛斑紋的貓，這裡係是隱語，指平常的藝妓。

41 江戶新宿附近出產辣茄，有甘辛屋儀兵衛製為「七味辣茄」出售，其人有口才，善為諧謔，故銷行甚廣，養成江戶人喜用辣茄的習慣。所謂七味係指辣茄，外加陳皮、胡椒、肉桂、黑芝麻、麻子、罌粟子等，共計七種。

42 迎接酒參考初編卷上注202。

43 原語云「穿高底木屐」，有一種木屐係雨天所穿，屐齒特別的高，喻代人買東西，故作高價，於中取利，中國云底子錢，取意亦同。

44 全班合演於演第二齣戲的時候，登場的人特別全。這裡借比家中人口眾多。

45 這是一句俗語，說江戶的人民豪爽的脾氣，一天裡賺來的錢就在當天用去，毫無一點留戀，所以不能存錢。

46 陰曆初三的月亮乃是新月，只在西方出現片刻，旋即不見了。

47 此處應是別一個人說話，但原本寫作長六，今仍其舊，如改作別人亦別無適當的人可改。

48 普通稱作「千兩俳優」，對於俳優的包銀往往誇大報導，故這裡如此說法。

49 「巫婆」原文云「市子」，與巫女不同，巫女本意云神子，屬於神社，司祈禱歌舞，市子則是一種行業，專門「關亡」，惟所召來的魂靈有生口死口兩種，於普通關亡之外，並能夠招致活人的魂前來說話。

50 見上文注47。

51 日本以小寒以後三十日間稱為寒中，其時所獵取各物皆特別珍重，能得善價，如寒中鯉魚、寒中雞蛋等，此乃援例戲言。

52 巫婆用竹枝蘸水，四面揮灑，供奉召來的魂靈，口頭傳達意旨。

53 有人忽然失蹤，遍索不知去向，民間說是「神隱」，謂被鬼神隱匿了。其遇著神隱的人大抵以小兒婦女及老人為多，間有成人亦多是神經不健全者。

54 巫婆所招致的本來只是靈魂，但不限於死者，譯作關亡似覺不妥，可是別無適切的名詞可以包括活口，故只能統稱關亡了。

55 弘法大師本名空海（七七四至八三五年），為平安初期的名僧，曾留學中國，歸國後大興佛教，甚

得國人的信仰，至今尚有許多神異的傳說流傳於民間。這裡說巫婆降神經過弘法大師的試驗，亦是此種傳說之一。

56 此處錢右衛門說話亦前後重出，今仍其舊。

57 「那邊」即是人世的對面，諱言死了，故婉曲的那麼說。

58 「合卷」係江戶時代流行的一種通俗小說，從稱作「赤本」的連環圖畫起頭，轉變為「青本」，內容也由簡單的童話進而為報仇等英雄故事，篇幅也因之加長，當初只是五張紙，現在加至四五倍，於是合卷就因而產生了。在一八〇六年三馬作《強太郎強惡物語》，計前後兩冊，有從前的十冊分量，這就是合卷的起頭，是本書出版以前七年的事。

59 讀本是以文字為主的讀物，圖畫為副，略似中國的演義。山東京傳（一七六一至一八一六年）與式亭三馬（一七七六至一八二二年）均著有讀本，但不是他們的擅場，京傳的代表著作乃是灑落本（中國的豔史一類），三馬則是滑稽本，與十返舍一九算是這一方面的傑出作家。

60 高麗屋即松本幸四郎，為當時名優。

61 歌川豐國是有名的浮世繪師，善畫仕女，多作繪本插畫，又以「優伶繪」著名，其弟子歌川國貞繼之，有出藍之譽。這裡所說即指將變助的事編成戲劇，由高麗屋扮演，再請豐國作為浮世繪，其結果必然大有可觀。

62 日本俗信如報應得償，則關係者亦遂得解放，可以出頭。若將事跡傳播，使世人多有知者，亦是大有功德，令死者得度。

63 鶴屋南北初為中村座優伶，名為勝俵藏，扮演淨角，後娶第三代鶴屋南北的女兒，改名鶴屋南北第四代，為本座的附屬腳本作者。日本藝人名號往往由父子師弟遞相承襲，但加一世代數目，以為識別。

64 音羽屋即尾上菊五郎第三代，與鶴屋南北相提攜，以善演怪談劇有名。所謂怪談，即指出現鬼怪，關係因果報應的情節。

65 指戲評上的記號，猶言極上。

66 參看上文注63。

67 原文云「狂言」，本意是如字義直說的瘋話，後來則為「能狂言」之略，是指能樂中間所演的滑稽戲，隨後又轉為「歌舞伎狂言」之略，所指乃是舊戲了。這裡即取最後一種意義，說在劇場所演的戲，但同時含有「假作」的意思，今俗語「狂言」中含義即是如此。

68 即中村富十郎第二代，慶子為其俳名。

69 阿半與千代均為戲劇中女人名。阿半為《桂川連理柵》中長右衛門的情人，千代為《心中宵庚申》中半兵衛的妻子。

70 全班合演的第一齣照例為歷史劇，第二齣則為社會劇，其開場的背景又一定為下雪天，窮人家裡的樣子。

71 中島和田右衛門善於扮演戲中出現的惡人，坂東善次亦是如此。善次居於築地，有俳名曰善好，諢名築地的善公。

72 此處語意不大明瞭，蓋由不懂演戲事情，故有缺理解。

73 寶曆為桃園天皇年號，凡十三年，自一七五一至一七六三年。

74 彥左衛門即坂東善次後來的改名。

75 從事於俳諧連歌的人稱俳諧師，亦稱俳人，別有雅號，就是俳名。

76 松尾芭蕉（一六四四至一六九四年）為日本有名的俳人，從遊戲的俳諧連歌出發，轉變成獨立的俳句，後人遂稱「蕉風」為正宗。芭蕉雖未出家，而剃髮為僧形，常出行腳，旅行各地，後來俳人常仿行之。

77 「大奶奶」原文云「御新造」，本指新造的船隻，後轉謂少女，或云新妻，這裡乃是說使用人對於年輕的主母而言。

78 所云更有趣的事情乃指與情人密會，在通俗文學如落語川柳之中，有幾種人常被用為嘲諷的材料，如食客及女傭人，乳母也為其一，多被說是淫奔的。

79 葺屋町是戲院市村屋所在的地方。

80 澤村宗十郎第四代，又稱紀伊國屋，當時名優，善演小生的腳色。「看重」原話乃是「捧場」，所以本應譯作「捧」字，但語氣嫌稍欠莊重，所以改作意譯了。

81茶館係照字面直譯，但與中國略有不同，此係附屬於劇場的，專為看客辦理買票，及中間休息及飲食各事。
82一日上演二種以上的戲劇的時候，此指最後的一齣而言。
83原文云「談義」，謂佛教的說法，由談義僧稱引經文，對於世事加以批評。江戶時代有一種通俗小說，稱曰談義本，模仿談義僧的口氣，描寫社會瑣事，故當時對以「講經」。
84這裡是說遊客無錢付帳，由相識妓女代為墊款。
85日本舊時社會忌食獸肉，平常只吃魚介鳥類，凡屬有尾巴的皆在排斥之列，如鹿及野豬肉等。在江戶只有三家肉店經售，冬時賤民相率購食，至明治維新後始盛行肉食，至稱烤煮牛肉為「開化鍋」，猶言文明鍋也。
86巫婆降神，如招致活人的魂靈說話，謂之「活口」，其被招的人同時便覺得渴睡。
87參考初編卷上注116。
88這一句係模仿雜耍場招徠看客的口氣，末句則口頭仿彈三弦的聲音。
89此係作者的廣告，預定明年甲戌即文化十一年（一八一四）發刊第二編。

後序

長的東西，曰飛頭蠻的嘔吐。[1]這是彷彿清女[2]的筆下的，「東西是什麼」的常用語。但是比這還要長的，乃是不佞[3]三馬的隨便包工。以為可以即刻成功，卻是料想不到，對這柏榮堂[4]約定，明天後天的拖延，終於昨天歇工，今天偷懶，不知不覺的經了四個星霜了。宜哉，出版的主人生了氣，跳了起來，怒曰：呀，你三馬這大癡漢，你不知書賈的周轉嗎？辦貨有辦貨的季節，發賣有發賣的時候。像你這樣偷懶的話，要想發賣，而置辦不到，不上不下的抓不著頭腦，而書店亦將託福而成為空洞洞的了。像你這樣的戲作者，[5]稱作先生，實是過分。叫作什麼大人，假作尊敬，無非是想早點給寫罷了。說是後暗觀音，[6]或用吳音叫作先生，[7]也只是想要得錢的尊稱。其實是上邊應該加一個「什麼」的冠詞，稱為什麼先生的傢伙。在那川柳上說，叫聲先生，把煙灰盒去倒掉，[8]——是一類的東西。因此暗暗的添上一個奴字，[9]說三馬奴，人家都看你不起。此後當叫你作後生，[10]稱你為小人。著作也不託寫了，筆也好丟掉了。怒氣現在滿面，欲心潛於臍下。[11]這原來都是的確了，沒有半句的分說，乃急速取筆，成此

小冊，以為辯解。每回總是如此的長柄人柱，[12]急忙寫成的讀本，作為出版遲誤的謝罪狀，立此為據云爾。江戶前之市隱，式亭三馬醉中志。

注釋：

1日本有一種文字的遊戲，名為「東西是什麼」，先出一題目云，長的東西，由解答者接續下去，意義務求巧妙滑稽。如這裡答云，「飛頭蠻的嘔吐」，飛頭蠻原文如此，蓋利用漢文舊書記錄，訓讀則曰轆轤首，傳說有人頭能離開身體飛去，旋復飛回接合為一，日本則變為脖頸能伸縮自在，形如長蛇，故身體在室中，頭能外出覓食。因為頸子長，故嘔吐時經過的時期亦特長久。

2清女指日本平安朝才女清少納言，不詳其名，只因姓清原氏，故用以為名，少納言則係當時官職。生於西元十世紀時，所著有《枕草子》一卷，凡隨筆雜文二百九十六篇，極為有名。《枕草子》中有一部分，模仿唐代的《義山雜纂》，歷舉可喜或可怕的東西，這裡所說即指此，雜引古典文學作為滑稽資料，此係遊戲文章的常態。

3原文如此，故意用漢語古文，下接俗語，亦是戲作手法。

4柏榮堂即為《浮世理髮館》的出版書店。

5戲作者為江戶時代一般作家的通稱，蓋當時文學標準惟以和漢古典作品為準則，一切俗文學悉在擯斥之列，作者亦深自謙退，稱為戲作，但也有人故意自稱戲作者，猶畫家之稱大和繪師，則又有相反的表示抗爭的意思了。

6六觀音（六道濟度的觀音）的開廟日子是每月陰曆的十八至二十三日，此後皆無月亮，故稱為「後暗」，引伸為忘記恩惠，不顧將來的事。亦寫作「尻喰觀音」，謂免足前短後長，上坡時有困難，因念觀音名號求助，及下坡便利，乃罵吃屁去吧。此處原寫作尻喰觀音，譯文乃從第一義。

7 吳音的先生未見使用，與下文關聯的意義亦不明顯，今姑照表面的意思譯出。

8 此係諷刺食客的一句川柳，在稱呼上雖是先生，但實際是使喚做聽差的所幹的事。

9 相承寫作奴字，第一種表示輕蔑的接尾語，意思略如東西。

10 先生的反對，小人亦為上文大人之反對。

11 上句言來客發怒，下句言主人惶恐。

12 長柄橋屢建不能成，乃以人為犧牲，埋於土中，稱為人柱。長柄的音讀為奈伽良，即上半句總是這助詞，人柱又是下文急忙的字義雙關，構成戲作的文章，惟譯文中只能略存其大意罷了。

二編

序

假如世上沒有虛偽，那麼來懇求說謊話的戲作者的人也不會有了。唱著胡謅的歌謠，走了來的，乃是柏榮堂的主人。空口答應的後天已經過去成了昨日，前來催促，原稿怎麼了，怎麼了。前編已經發行，二編正在等候。僥倖得著喝采的聲音，都仰仗先生這支筆的把戲了。忽而稱讚了，忽而訕笑了，種種逼迫，但是沒有辦法的，乃是錢與志趣二者。本來以虛誕為著作，乃是戲作者的本意。將閻羅王所拔的舌根，[1]自由自在的活動，無如近來虛假缺貨，專心思慮不得要領。乃乘南鐐一片的雲，[2]走於北方的虛空，忽到昇平之樂國，即登欲界之仙宮，[3]於是三千之美女，出現於三步，[4]五分[5]之靈魂，飛上於二樓。及酒醒興竭而歸，熟思於扁舟之中，夫昨宵之實即今朝之虛，去年之實為今年之虛。羅列百折千磨之詐，無非千狀萬態之虛，世人競賣虛假，亦爭買虛假，可知世上有趣的東西蓋無過於虛假者了。於是舟師的老兒，[6]按櫓而言曰，子非三馬大酒[7]乎？宿醉尚未醒歟，何故乃吐如是的譫言。吁，亦小矣哉。夫曲中[8]之虛，卻是招牌無假。子欲知虛中之虛的事，可曠觀天地之間，且不論日月星辰，其森

羅萬象，非團集虛假而成世界耶？子不解世界之大虛，而探索其事物之小者，其誤亦甚矣。余一句亦不能對。舟至楊柳橋下，[9]舟師取煙管銜之，鼓枻去。乃作歌曰：傾城無真情，[10]世上雖如此說，今且從客人的虛假說起吧。歸家又復下虛假之種子，筆耕而成此稿。

文化九年壬申十二月中浣，在本町小築，欲心深處執筆，昔時所謂金平本[11]的作家，式亭三馬題。

注釋：

1佛教謂說誑話的人死後，閻羅王命拔舌，戲作者專務說誑，故當入拔舌地獄。

2南鐐見初編卷中注73。此處「南鐐一片的雲」則指往吉原的轎子，銀二銖為當時的轎價。

3吉原在江戶的北方，隱語稱曰北國，所謂昇平樂國，欲界仙宮，均指妓院。

4銀三分為高等妓女的價格，分亦作步，這裡「三步」係用〈阿房宮賦〉語，合銀三分。

5俗語云，一寸的蟲也有五分的魂靈。此言樓上的熱鬧，令人心魂飛散。三千三步，五分二階，利用數目字，仿為駢文。

6此係仿中國古文，特別是《楚辭．漁父》的說法，借舟師的口頭出一番大道理來。

7「三馬大酒」係三馬大人之遊戲的轉變。

8「曲中」指妓院。或謂係言淨琉璃的戲曲，於此未免纏夾。

9隅田川的柳橋，故意寫作漢文式的楊柳橋，取其與文氣前後相配合。

10「傾城」為妓女的美稱，起源於中國的古歌「一顧傾人城」，此語遂從音讀。妓女無真情，係舊有俗語，這裡則進一步，謂話雖如此，然遊客的虛假更可記述。然此語後亦遂不實踐，本書並不說及妓院事，序文似為灑落本而寫，且後來年月亦與初編末尾所說不符，據那裡預告文推知初編當係癸酉年出版，而此序文反作在一年前，也是不可解的事情。

11 坂田金時為傳說上的英雄，參考初編卷中注82，後來作者又添出金平來，說是金時的兒子，配以渡邊綱的兒子武綱，彷彿是《小五義》的樣子，極力武勇怪力，演為荒唐無稽的故事，也稱金平本。

卷上

巫婆關亡

在浮世理髮館聚集的人們，從後面的小窗望到鄰家去，看見巫婆將所戴市女笠，[1]放下在門口板上，自己正面坐著，包袱放在面前，閉著雙眼，吸著鼻涕，時常用舌頭舔那嘴唇，梓弓[2]彈不成聲，喃喃的不曉得說些什麼。看了昨夜的燈花而喜，聽今朝的鴉鳴而愁，用癡話團成，上披饒舌的衣，迷信深厚，吃醋厲害的人們，或皺眉作八字，或撇嘴成入字，[3]各自哭泣，聽著招來的亡人的聲口。其怒而尖著兩頰的，則是被叫作娑婆塞[4]的老頑固的老婆左衛門，[5]其笑而抱其兩腮者，則是以無憂無慮出名的多嘴的調皮姑娘。住在市房的一切眾生，六親眷屬有緣之徒，在維摩的九尺二間[6]方丈裡，挨挨擠擠的排列坐著。童子童女的招來則命之進前，阿鶴龜吉[7]的窺探則令之退後，新魂，[8]生魂，各自開口，乃有上來的大禪定門，[9]以及歷代的雜出的院號，可以聽三界萬靈的意見，無緣法界的批評，訪信士信女的安否，候居士大姐的起居，[10]則十

萬億土[11]良為不遠，而地獄的審判亦仍然靠銅錢的多少也。[12]十二文的眼淚，在供水的碗裡成為深潭，[13]現出從心裡發生的三途的河水，[14]百文一升[15]的悲歎堆積於撢竹筱的圓盆上面，作為願心所成的冥途的山。[16]無煩惱則無菩提，有娑婆斯有冥土。欲惡煩惱的魂魄，昧於巫婆的教誡者，若在此時能悟此意，則將丈夫墊在屁股底下[17]的輕浮的老婆，將知道刀山劍樹，懂得艱難度世的方法，節省看家時的浪費，一面作弄媳婦的擰性子的婆婆，也知道叫喚紅蓮，[18]寒暑避人，[19]稍微折其刻薄無情的犄角，[20]這也是濟度眾生的一法吧。聽了念南無阿彌陀佛而泣下，因而退席的能幹的媳婦也有，卻說請好好的招來吧。往前進坐的人也有的。有六十幾歲的年紀，好像是戲班裡的老旦的人，在沒有關亡之前已經落淚，先換了一杯供水。[21]在一葉的榓樹[22]搖動之後，又哼出來了巫婆的聲音。

巫婆降神：「天清淨，地清淨，內外清淨，六根清淨。[23]上有梵天帝釋，四大天王，下有閻羅法王，五道冥官，天神，地神，家內有井神、庭神、灶神。伊勢國有天照皇太神宮，贊岐國有金毗羅大權現，攝津國有住吉大明神，大和國有春日大明神，山城國有祇園牛頭天王，下總國有鹿島香取大神，別有當國惟一的神宮冰川大明神，日吉山王大權現，神田大明神，妻戀稻荷神，王子稻荷神，三神大權現。[24]日本六十餘州，凡有神的行政的地方，出雲國大社，神的數目九萬八千七社的神明，佛的數目一萬三千四個的靈場，普遍的驚動冥道。在此一時靈驗顯赫，將萬般事物，毫無餘留的告訴我們的梓弓之神。[25]六親眷屬，有緣無緣，先祖歷代一切的諸生靈，弓箭一對的雙親，一郎以至三郎。[26]人也掉換了，水也有掉換，沒有變化是這五尺之弓，[27]打一下是，各寺的佛壇[28]都會響到的。」拉長了說，過了一會張開眼睛來。

闕亡：「招來了呀，招來了呀。梓弓的力量，所招致誘引，縱沒有冥中的加護，也招來了呀。雖不是最可愛憐的懷念的孩子，烏角巾寶貝，[29]可是沒有離開簷下過的，所寵愛的秘藏的烏角巾[30]來了呀！」

老婆：「啊啊，可憐的，可憐的，花狗嗎，花狗嗎？啊啊，虧得很快的來了。想死我了，想死我了。真是的，真是的，每到寺院裡聽說教的時候，說起來也罪過，如來菩薩的不敢說，大師父和沙彌們的臉相，看起來都和你一樣呀。每天燒香的時候也不能忘記，真的是，真的是，一天裡沒有不哭的時候。因為太是悲哀了，出了一百文錢，叫寺裡給埋葬了，還請求檀那寺，[31]特別給取了母花狗的法號，還給立了一個石塔[32]哩。」

巫婆闕亡：「啊啊，啊啊，真難為你多給我哭了。我自從在廊子底下[33]降生以後，每日給我剩下的東西吃，阿花阿花的憐愛我，什麼東西都給放在我的食器裡，我也很是高興，搖著拖下的尾巴，或是把手給與人家。[34]只是後街的魚店沒有慈悲，用了鉤子和刀背打我，屢次的受了傷，其時你總煮了小豆給吃，並種種將養，這是我所覺得忘不了的。我那時雖然並不想死，可是在拐角的人家偷了半爿的松魚得了懲罰：因為

那一回三助[35]丟了個飯團，雖然也用心防著，可是看不見背著手藏著什麼棍子，況且這和夏天又是不同，在冬天沒有什麼丟掉的東西，我的嘴是乾了，因為太是肚餓的緣故，一口吃了下去，這就不得了，原來正是木鱉子。[36]就那麼的倒下就死了，這真是，所謂狗一般的白死[37]罷了。就是當初健在的時候，也落到溝裡去，身體滿是爛泥，說是變成病狗了，給街坊的孩子們亂打一陣。在垃圾堆裡，和橫街的雌狗睡著，也被酒店裡的那癩頭小孩所妨礙。後來好容易得了折助[38]的好意，抓住尾巴給幫了忙，才算了這目的，可是烏角巾習字放學的時候看見了，在中間卻給撒了沙子。那麼又聽見有人呼喚的時候，心想有什麼給吃的吧，走去看時，卻只是哄孩子的撒尿罷了。前邊的煮飯的娘們又將滾湯潑來，裡邊的老媽子[39]也是不懂道理的人，把別處的狗所拉的屎，硬說是我幹的事，拿了掃帚來趕打。這樣子低聲下氣的事情不知道有多少。你雖是很愛憐我，可是共枕人[40]很是嗇刻，有時給點東西，也只是醃蘿蔔塊的咬剩和茶粥的茶罷了。聞了一聞，隨即走開了，卻罵說這畜生奢侈慣了。這個身子和上方的[41]是不相同，說皮張的性質是不好，不能做狗皮的三弦，沒有出世的希望。往生極樂之後，善人數目極多，百味飲食都來不及，沒有剩餘的東西，像佛的數目[42]那麼多。俗語假如立著要在大樹的底下，[43]那若是做狗也該做大地方的狗，正如俗語一樣，我雖然是也頗機靈，但是因為出世，那也是沒有辦法的事。狗吃了苦，鷹得了好處，[44]這是娑婆一般的情形。現在本身想吃溝中流出的米粒，可是都給御前烏鴉[45]吃去了，一顆都沒有進我的嘴裡去。——可是，高興呀，高興呀。一杯清水的供奉，真要比吃了世上的屎還要覺得高興，肚子裡邊直到肚臍周圍，都浸透了的覺得高興。我也想快點趕來關亡的，可水也不能倒流，[46]但是因為先靈也都要降臨，想要先來，所以噓噓的把我制住了，一直弄到後邊去了。現在你年紀也沒有什麼不滿足了，所以可以早點打算往生，[47]我也在草葉底下[48]等著你了。真是依依不捨啊。御前烏鴉的事情拜託了你了！請你把御前烏鴉除了吧。總是依戀難捨，可是永久的永久的，不會得有斷絕，所以還是去了吧。難得給我供了水了。高興呀，高興呀。永久的，沒有斷絕的，這依戀之情呵！再見了！」底下嗚嗚的拉下去，神就上升[49]了。

老婆抽抽噎噎的哭：「呃，呃。咳，可憐呀，可憐呀。阿花啊，阿花啊！直到此刻，養在手邊，人家所愛的東西，卻給木鱉子吃毒殺了，真是真是可恨的事情。啊啊，一定覺得很是怨恨吧。可是呀，把那怨氣消了，好好的成佛[50]吧。御前烏鴉也給設法除滅吧。啊，南無阿彌陀佛！」

調皮姑娘：「呵呀，呵呀，老奶奶，我道是關誰，原來是關那死了的花狗嗎？」

老婆：「是呀。」

姑娘：「這是怎麼樣的一回事！呵呵呵！」

大家一同笑起來了。

談論吃醋

這邊是從浮世理髮館的小窗戶裡窺探的人們。

松公：「現在的聽見了嗎？」

竹公：「這簡直是戲弄人。」

短八：「那個老婆子是鬪了那狗來了。」

長六：「所以覺得聽不懂了。」

錢右衛門：「這狗還好，可是先前所鬪的變助的先妻，那是很可怕的事情。」正在說著，一個叫作土龍的自以為很是懂事的人，從後門走了進來。

土龍：「什麼什麼，什麼事情可怕？」

錢右衛門：「呀，土龍爺來了。什麼，剛才鬪亡來的變助的先妻的死靈，很有點可怕呀。」

土龍：「真怪呀。」

松公：「連那巫婆的相貌，因為人家是什麼樣的想吧，也覺得變了可怕了。」

竹公：「那是理所當然嘛。是死靈附在她身上了呀。」

短八：「很說些怨恨的話哩。」

長六：「還說是弄死他呢。」

短八：「說弄死他也還不滿足，可怕呀，可怕。」
錢右衛門：「說要弄死他，這在先妻來說，正是當然的。那樣沒有情義的男人，弄死了給人家做報應看也是好的。」
竹公：「老婆還是不要欺負的好。」
松公：「所以我也是這個意思，對那羅剎[51]要想加以溫存的。」
錢右衛門：「好漂亮的說話，好漂亮的說話。」
土龍：「若是繡像說部的說法，應該是身毛悚然，說什麼可怕也都是傻話，這樣的寫吧。」原來這個土龍喜歡看繡像說部，從借閱小說的地方借了來看。新出的書價貴，所以一直到後來再看。此人有一種脾氣，喜歡用現行的說部文章，來說一切的事情。
短八：「那個共枕的人[52]這句話，是什麼意思呢？」
錢右衛門：「現在所說的，是指丈夫的事呀。女人叫她的丈夫是共枕的人，男人也叫妻子為共枕的人嘛。」

土龍：「唔，那麼，也就同我的丈夫我的妻子是同一道理了。」

竹公：「像我這樣沒有共枕的人，是頂舒服的人。拿出三分二分的銀子，乃至二銖一串，[53]立刻可以得到一個共枕的人，可是只有一夜的工夫，所以也不要怕先妻生氣。」

松公：「那麼不要說一百文了，便是五十文，二十四文[54]也罷，已都可以得到共枕的人。」

竹公：「別說瞎話。那些是一堆多少錢賣的共枕的人罷了。」說著這話的時候，這家的內掌櫃剛才收拾好了灶下，擦著兩手。

短八：「喂，這家裡的共枕的大姐，怎麼樣？拿出十二文[55]來，你也去哭一場麼？」

內掌櫃：「不呀，怪可怕的。」

長六：「可是也總是個共枕的人嘛。」

短八：「有藤哥兒這烏角巾長得那麼大了，交情也不尋常了。」

內掌櫃：「別說了。好討厭的話。一點都沒有什麼好玩。」

短八：「喔，現在不說了。那麼再會！」學巫婆的聲口說話。

內掌櫃：「啊，好討厭的聲音。請你別說了吧。——那是怎麼的，變助那裡的先頭的奈幾姐[56]剛才是說些什麼呀？」

松公：「說是蘸了鹽從頭裡咬了來吃。」[57]聲音拉長了說。

內掌櫃：「誑話一大堆。」

竹公：「的的確確說是要弄死他呢。」

內掌櫃：「弄死他嗎？啊呀，氣勢好大呀。原來奈幾姐妒忌太深一點兒，因為自己鬧氣，便得了心病了。變助本來也不能說好，可是那個孩子也吃醋吃得太過了。那個自然是男人的輕浮也是不好。變助有一點事情要出門去，不給拿換穿的衣服，稍微遲一點回來，就抓住了吵架。有朋友來招引他，也不讓一塊兒出去，所以朋友們也覺得沒有面子，都迴避不來了。若是在外邊過一夜再回來，那便更是了不得的風波，近地市房都驚動了，還要鬧到媒人[58]那裡。還把現有的家生什物隨手亂丟亂扔，結局是說發了並沒有的肝氣，接連三天自暴自棄的躺著。真是的，沒有什麼辦法的事情。因此變助心裡不痛快，於是就換了現在的那後來的一位。為了那個孩子[59]的事情，也有過大鬧。本來是那個孩子是寄在別處的呀。」

土龍：「是養[60]在那裡嗎？」

內掌櫃：「什麼，因為沒有養的力量，所以給了相當的月費，寄放在那裡的呀。

這樣說來，無論給哪一方面，掌扇[61]都舉不起來呀。這種地方倒不如像我這樣的傻子倒好了。吃醋的事情試吃吃看吧，我們家裡的人[62]就立即嘴巴打過來了。喂，現在同誰到什麼地方去，把衣服拿出來。是。[63]拿外套出來。是。新的拿出來。是。請穿這個這個舊的吧，把新的且保留起來，若是說了這話那可了不得，大發脾氣了！奇怪的是，男人這東西只要新的衣服做好了，就把舊的正眼也不一看了。無論什麼事，總之只想穿那個了。此外便是回來的時候，叫做著湯豆腐，湯泡飯放著。[64]還要鼻紙、[65]手巾、頭巾、襪子、木屐都預備好了。是。請你愉快的出去吧，[66]差不多是這樣說了送了出去的。」

竹公：「可是還要挨點罵吧？」

內掌櫃：「豈止挨點呢，因此若要搞吃醋的吃字，立刻就是梵天國[67]了。所以像我這種人就是死了，也沒有弄死人的意思。這是我之所以無憂無慮。」

土龍：「在地獄裡邊，反要被丈夫的生魂所纏著吧。」

松公：「沒有錯。但是，這裡恐怕沒有情義吧？」

內掌櫃：「這裡還有問題。」

錢右衛門：「假如你有意思的話，我倒願意商量。」

內掌櫃：「錢右衛門大爺，又說你的笑話了。」

土龍：「吃醋的事的確是麻煩的事情，我雖然並沒有被吃過醋這種經驗。」

長六：「也有男人故意的鬧著玩，叫人給他吃醋的呢。」

短八：「像戲劇演出來似的，很好玩的鬧著吃醋，那麼自己覺得是個小白臉，也很有趣吧。」

長六：「要是像做戲那樣子下去，那就諸事大吉了。」

土龍：「凡是戀愛的事，要是女人方面迷戀了來時，那就很妙了。三十晚上討帳的來了，便立刻將戲臺轉了過去，裝作旅行，什麼都不知道，到了元旦又把戲臺轉了過來，那麼巧妙的事情呀。」[68]可是女人總是有妒忌心的。丈夫每夜走到情人那裡去私會，便想念著作了這一首歌[69]道：

刮起風來，海面與起白浪，
那個樣子的山，
半夜裡夫君獨自的過去。

這樣的做了，就是那丈夫也對於妻子的真心感覺慚愧了，改了過來。還有這樣的事，在書上邊記著。噯，是什麼呀。我能背誦下來。噯哼。古時候，有一個男人，[70]他對他的妻子感情差了，找到了新鮮的一個女人，交情著實不淺。可是他的妻子一點都不放在心上，也毫無怨恨的模樣，過了好些日子，不覺已到秋天的長夜，睡不著覺，獨自

點燈聽著外邊，只微微聽見鹿的叫聲，乃低聲作歌道：

　我也是鹿吧，
　叫起來戀慕著那人，
　雖然我是無關的聽那叫聲。[71]

那個男人聽見了，覺得不勝可憐，便離開了現在那女人，對原來的妻子更沒有二心，重新團圓過日子了。」

錢右衛門：「難得你記得住呵。」

長六：「土龍大爺記心真好呀。」

土龍被稱讚了，非常高興的樣子：「什麼，這樣的事算什麼呢？我是把所有的說部都暗記熟了，所以連平常說話也都是那一套，實在是沒有法子。」

錢右衛門：「喂，請看吧。許多的人都聚集攏來了。」

松公：「呀呀，連那做小的[72]也都出來了。」

竹公：「這要鬮什麼呀？」

短八：「鬮先頭的那個老爺[73]吧。」

長六：「活口，且是長輩，是這樣的說吧。」

錢右衛門：「似乎已經有三十七、八歲了，還是長著眉毛，[74]女人雖說是好看，在應該剃去眉毛的時候還不剃去，那簡直是殘疾的人了。這乃是真話。可以說是妖怪的一類，不是同人間打交道的了。」

土龍：「但是，美是美呀。渾身風騷，就在這地方迷人的把戲吧。」

竹公：「是很壞的把戲呀。」

土龍：「沉魚落雁，閉月羞花，這樣的來了。」

松公：「什麼落雁？有炒米團那麼的大麻點，[75]可是上面搽灰很費了工數，所以看不見了。」

長六：「這樣花了做工的時間，假如是包工的話，頭兒就非出奔[76]不可了。」

土龍：「的確是極彩色。[77]假如著色印刷，十足要花二十遍工夫吧。可是頭雖是好，身體卻刻壞了。」這些都是刻工印工的話，只有內行人能懂，這裡一點都沒有效力。「打扮倒也很好，可是也看得出昨晚深更鬧夜的那把戲。」

短八：「別致的把戲哪。」

土龍：「若是每月給我三兩，那麼就給她照料吧。」

竹公：「這個把戲嗎？」土龍在說話的末了，有一種什麼「把戲」的口頭禪，所以旁人故意的說了戲弄他。

錢右衛門：「在這裡難得看見那個女人的哭臉哩。」

松公：「眼淚停留在臉上的小皺紋裡，結成了冰柱。」
長六：「可是美女是哭臉也是可愛的呢。」
短八：「那是在淨琉璃的文句裡也是有的呀，雨下濕了的海棠花，噯，怎麼說的呀，這不是唱起來這句話便出不來。」
竹公：「後邊是不知道！」
松公：「這個把戲嗎？」
錢右衛門：「喂喂，那個老婆子為了狗的事，把眼睛都哭腫了，那倒是很不錯哪。」
土龍：「眼淚落地，啊啊的悲歎著，一面把念珠沙沙的抖著，用重濁的聲音念著阿彌陀佛，阿彌陀佛，悲哀的形狀目不忍睹。此時囂囂的聲音，從外邊進來的，是什麼樣的人呢，只見身穿柿色的破衣，——喂，看呀。[78]那酒店裡的徒弟，不曉得從哪裡拉著一只風箏來，這裡窺探來了。」
竹公：「呀，這一回是甚太家裡老頭兒了。」
松公：「是神隱吧。這可是很有趣了。」
長六：「這裡是頂好聽的地方了。」
錢右衛門：「那老頭兒原來是大阪地方長大的，給義大夫[79]彈三弦，或是搞木頭人戲，在鄉間走著演戲的。」

短八：「因為如此，所以很知道些木頭人戲班裡所常用的隱語哩。」

錢右衛門：「所謂森婆的東西吧？」

上龍：「這也叫作山所。」

巫婆關亡之二

甚太家的媳婦一面供上涼水說道：「這是前月三十日的事了。」

巫婆：「嗳嗳，是活口嗎，是死口呢？」

媳婦：「是活口吧。因為是遇了神隱了，死活都不知道。叫人算卜來看，說還是活著呢。」

巫婆：「嗳，嗳。是晚輩嗎？」

媳婦：「是長輩哩。」

巫婆：「嗳。」彈著弓弦說起來。

關亡：「回來了呀，回來了呀。被梓弓催促著，粗幹子的三弦[80]的弦索，給招了來了。一杯涼水的供應，雖不是出場時茶盅，[81]也覺得高興。我不在草葉底下蹲著，可是在杉樹陰兒底下非常的感覺高興哩！」[82]

浮世理髮館裡看著的人們。

竹公：「這是很有點可怕的。連巫婆的話也變成大阪話了。」

松公：「而且彈三弦的事情也立刻說出來了，所以很是奇怪的。」

長六：「他說不是在草葉底下蹲著嘛。」

土龍：「說是在杉樹陰兒底下，那麼神隱是的實無疑的了。」

短八：「是高鼻子老爺[83]的事情嘛。是不好大意的。」

竹公：「高鼻子那可是荒神[84]哪。」

松公：「看見你的時候，只見松樹聳立[85]……」

土龍：「巫婆立刻就變成豐後調[86]了。」

錢右衛門：「是不好大意的。」[87]

長六：「喔，肅靜肅靜！」

短八：「別說廢話了。」

竹公：「這個把戲嗎？」

松公：「噯噯唷！」

竹公：「咿呀喂！」

土龍：「啊呀完了，凡愚的人，凡愚的人們呀！別再很能幹的說玩笑話了。[88]停住了，停住了！」

巫婆闕亡：「前月三十日的事情，我同了朋友[89]三個人，到酒店裡去了。這一天因為有錢，所以喝了許多酒，覺得非常的愉快，一直到太陽下去了的時候還喝著。後來朋友弄來了一隻船，玩窯姐兒去了，我因為是老頭子一類了，所以沒有去。此後我就回來，回到家裡之後，又想吃飯了，於是就拿早上吃剩的豆板醬湯，和醃菜與辣茄，當做了菜，吃了四五碗。這之後是，女兒叫我換了衣裳吧，很麻煩的說我也不管，連帶子也仍舊，便伸了兩腳睡下了。等到酒醒的時候，張開眼來，要想拉屎了，走出到門口，小便很急，便在那小溝沙沙的撒了。這時舉起眼睛看時，只見有個武士帶著伴當站著，是個滿頭留起頭髮[90]的男子，拉住了我的手，說這邊來吧，就帶了我走了。這以後就走到了一個非常美妙的地方。看那地方的男人，都是鼻子很大的和尚老爺，尖嘴的男子，沒有女人，也不見小孩，也不見有像下女樣子的人。因此我們就在那裡，

當作下女下男替代了勞動。昨天因了差使出去，在京都的愛宕山吃了早飯，往築紫的英彥山[91]打來回，到二荒山轉了一個圈子，在午前回了來，說是遲了，很被揍了一頓。飯菜雖都是素食，但每天給喝熱燙的熱鐵[92]三頓，所以沒有什麼不滿足的事。沒有拿錢出來可買的東西，所以沒處借錢，也不要什麼房頂的費用，因此也不必怕見房東的惡臉。共枕的人因為在前年死去了，所以沒有撇下她做寡婦的憂慮，留下的烏角巾也給配了你這共枕的人，更沒有什麼焦心的事。這上邊若是還有納妾的事情，那是各人自己所應當管的，於我是不相干的了。現在是比彈著三弦，或是弄著木頭人，在鄉下走著，實在要好得多了。找那些偷錢的、騙錢的壞種，抓了飛去，還有左性子的老太婆撕開了，掛在樹椏杈上，煞是有趣的事。烏角巾也叫他安心吧，你便這樣的告訴他。你也不要哭，卻替我喜歡得到這個結果吧。高興呀，高興呀。這真是可感謝的事。我現在的情形正如信濃的人，來冬天做工住在江戶的樣子，[93]當初言語不通，不知道東南西北，後來住慣了，深山幽谷，一跨步便到。到現今，無論什麼樣的山嶺的上邊，雲霞的中間，都同大路一樣，揮著兩手大踏步的走。人間界真是污穢呀。伽西古拉諾智利久知久斯。[94]月有，德虎，[95]二七的厄日，債主的聲音多討厭呀！雖然有著怨鬼，[96]卻沒有還報的機會。因為一直被窮鬼的柿漆團扇[97]所扇著的緣故吧，如今是羽毛團扇的山風。[98]想起來時，更覺得羽毛是怨家[99]的雲的中間呀。可是真是可以喜歡呀。因為是父呀子呀的關係，難為你供了一杯清水呀！高興呀，高興呀，高興呀。在杉樹的陰裡守護著你們，但望別再叫我吧。好像是對遊蕩兒子去的那茶館[100]說的話，下回不要來招了吧。若來招時，對於兩方面都沒有好處。這是出世的妨礙，不淨的污穢。[101]留戀雖然是沒有了期，但是再見了。」說到這裡，神就上升了。

女人的笑話

松公：「那麼的確是高鼻老爺了。」

竹公：「呀呀，可怕呀，可怕呀。」

長六：「那個老頭兒平常用那森婆是口頭禪，連關亡裡也用著森婆哪。那是活口，因為口還是活著，所以是那樣的吧。」

短八：「喂，這之後把那窯姐兒的畫和金時的畫縛在一塊兒，再來關亡吧。」

錢右衛門：「什麼，不做了吧。」

短八：「為什麼？」

錢右衛門：「前編裡這樣的寫著，但是關亡的事情多了，恐怕看官們要厭吧。」

松公：「那倒也是的。喂，且來抽一袋煙吧。」

竹公：「呵，來抽頭一袋呀。」

長六：「好吧。」

土龍：「噯，內掌櫃，吵鬧得很。」
內掌櫃：「咦，拿看臺錢來吧。」
短八：「三十五錢[102]銀子吧？」
土龍：「這是正價呀。」正價乃是戲院裡的通用言語，包廂三十五錢，散座二十五錢，稱作正價。
松公：「唉唉，站得非常的疲倦了。」
竹公：「你老說非常的這一句話呀。」
長六：「是非常龜[103]的分號嘛。」
竹公：「不是分號，是看人學樣的吧？」
錢右衛門：「沒有錯兒。」這時說著話，大家一齊來到理髮館的店面。
鬢五郎：「怎麼樣，聽到了吧？喂，土龍大爺，聽關亡還是初次吧。」
土龍：「是的，沒有什麼好玩。那個老頭兒，給天狗抓了去之後，做些什麼事呢，有點不大瞭解。畢竟後事如何，且聽下回分解。」[104]
松公：「去給天狗老爺當相公吧。」
錢右衛門：「沒有行經的老爺子倒是很清淨的吧。」
土龍：「童顏鶴髮的男色，為雲為風，交情不淺嘛。」
松公：「這個把戲嗎。」

土龍：「這些真有點兒討厭了。千萬別再這樣。總之足下們說出別致的話來，實在牽扯得沒有意思。花下曝裩。[105]喏，就是花底下曬褲衩嘛。妓筵說俗事，在窯姐兒的席面上，說什麼米賤了、柴貴了這些事情，都是很殺風景的。稍微謹慎一點兒好。」

竹公：「這個把戲嗎。」

土龍：「這是怎麼的？喂喂，什麼走過了。橫胡同的小姐[106]走了過去了。」

鬢五郎：「唔，好吧。說是小姐，可是難得了。」

錢右衛門：「已經顯得那麼老練了，卻還想裝出有稚氣似的，恐怕再也沒有了吧。」

竹公：「小腹裡已經毛也沒有了，[107]還這麼想叫人看得有稚氣。」

長六：「年紀已差不多有四十左右了吧。」

短八：「近來又胖了起來，身段更是不好看了。」

土龍：「那個女人說了很妙的話。有一天晚上走去談天，末了有兩三個人一齊要回來，那個女人拿了燭臺送到門口。這時下女擺正客人的木屐，[108]可是一個同去的人的草履卻是不見了。問客人你所穿的是什麼樣子的，答說嗳，說來見笑，我的乃是冷飯草履。[109]那個女人就說，阿初呀，金兵衛大爺的是御冷飯草履[110]呀。各人聽見，都禁不住要笑起來了。」

錢右衛門：「哈哈哈，這御冷飯草履是傑作了。」

鬢五郎：「總之是想說上等話的關係。還有自己知道得很清楚的事情，也要做出不懂似的來問話。諸事顯得有稚氣似的，俗語裡叫作吉原話呢。」

錢右衛門：「還有好笑的事情呢。有一天晚上，開一個抓錢會，[111]走去找他同去，老婆在烘著火爐吃大福餅哩。於是延公說，阿浮呀，在那板箱子裡把銀子取出來吧。說要拿出多少來呢？那丈夫也是丈夫，說給我二銖銀十一個吧。這樣這十一個也是可笑，總之拿了出來了。哎呀哎呀，餘下的已經沒有什麼錢了，算算看吧。算了之後，小姐乃說道，老爺，餘下只剩了七兩四分二銖了。這個情形，叫人不能聽下去。」

鬢五郎：「一回一回搖著頭，帶著嬌氣的說話，樣子很是討厭。不但如此，小姐還有這樣的事。在那裡的阿初說，大奶奶，救火鐘響了，立刻吵了起來，小姐卻是十分鎮靜，說道：阿初呀，好好的聽著，遠的是失火，近的是失慎[112]呵。」

短八：「這也是傑作。」

土龍：「延公從宅門子回來，[113]把下裳[114]亂脫在那裡，便叫阿初呀，把那下裳且疊起袖子[115]來吧，那也是可笑的事情。」

錢右衛門：「那個老頭兒掖衣裾[116]也是好的。」

長六：「是什麼呀？」

錢右衛門：「噯，是什麼嘛。那裡的小廝吹著火盆裡的火，一面老是兩腳打著哆嗦，[117]說喂，止住吧，我是很討厭那個的。可是小廝不懂得什麼，便問止住什麼呢？什麼止住嗎，是那老頭兒掖衣裾呀。一座聽笑倒了。」

土龍：「倌人[118]做事一切都顯得很稚氣，所以了不得。不，說到倌人在某處的新造[119]說的話很是好玩呢。各處都禁止登樓[120]的客人到那家來玩，卻又因了什麼事鬧僵了，禁止了登樓，那個新造聽見了說，你人緣也好，手筆也鬆，可是不知為什麼與樓梯沒有緣分。」

大家皆笑：「哈哈哈。」

錢右衛門：「那曲中[121]的事情，都是有稚氣的，就以此作為收場。在我們後面住著的那年限已滿的倌人，現在經客人照應著[122]的，因為不能裁縫，所以整月的雇用著一個女縫工。有一天同那女工爭論，兩邊愈說愈僵，女縫工也生了氣，便說無論怎樣能夠伶俐說話，卻連衣服的一件也縫不來吧，這樣被狠狠的說了一頓。那女人也著實的氣憤，無論怎麼樣想縫一回給她看，晚快邊（編按：傍晚）同著街坊的婦女說話，請你聽一聽吧，白天裡那女工這樣這樣的說，所以氣得什麼似的，悔恨得了不得，明天決心無論怎麼要十點鐘[123]起來，動手來縫。這話說得怎樣？」

大家皆笑：「哈哈哈。」

錢右衛門談失敗

錢右衛門：「這很有點像落語[124]了。可是可以做成落語的實在的事情，確實多有。這並不是別人的事。在我還是壯年的時候，也用過十六文錢，二十四文錢，同了遊蕩的朋友幹過很別致的事情。一年六月裡，坐了船出去，湊巧這是過於涼快的一天。到了晚快邊，差不多冷得要發抖了，縐麻布的單衣實在穿不住，各人換穿夾衣，或者用兩件單衣罩著，我就沒有這個預備。只能穿著那件縐布緊縮著，雖然有件羅的外衣也頂不得事。好容易到壕溝[125]邊旁，這才上了岸。於是走進大門，到了相識的茶店，茶店裡的兒子穿著大闊條的浴衣，扇著紙團扇，說請進來，近來怎麼樣？好久沒有光降了。答說你是怎麼樣呢，天氣很冷。我自己覺得，這些是可以成落語的。不，還有可笑的事情哩。是我二十一、二歲的時候，因為放蕩被家裡趕了出來，寄住在伯父那裡。呵，無論怎樣，很想出來得不得了，一天晚上偷偷的苦心弄到一分銀子，這時荷包之類的東西全給沒收了，不在手頭，把一分銀子吊在褲衩帶子上也覺得是可笑。沒有辦法，只好這銀子裝在腰刀的空鞘子裡，然後將刀身插入，總算安排好了。插上腰刀之後，樣子覺得很漂亮了，看去全不像是一分銀子的客人。」

土龍：「以俗物八人換通人一個，[126]看去是那個樣子吧。」

錢右衛門：「那麼是南鐐一片的老爺哪。哈哈哈。當然是，茶店也三年間堵斷了路，這方面是一句話都沒得說，沒有辦法只好當作新客，到不相識的一家妓院去。於是小夥子出來，照例是腰間所插的東西，檢點一番，說這是鞘外不帶小刀的呀，就給遞了過去，吧噠吧噠的跑上了樓。呵，酒拿出來了，也就喝了，可憐的是，這時候本應該召妓院裡的藝妓來鬧一場的。現在只是這形式，也敷衍過去了，場面來收拾一下。好像是不得人意的拱背牛[127]似的在被窩上坐著抽煙，小夥子進來了，說可冷靜吧，便爬在席上說，請付給公費[128]吧。咦，可是沒有腰刀。在這以前完全忘記了，在這個時候才記了起來。但是不知道說什麼好，所以非常覺得狼狽。什麼，小夥子，剛才寄存的那把腰刀，請你暫時拿到這裡來，立刻就還你。這樣的說了，小夥子回答道，不，腰刀是不興拿上樓來的。不是呀，在這裡只要看一看就好了，有點事情非看不可，所以只要暫時借用一下。愈說愈弄得可疑，覺得很可怪的客人了，這也並不是沒有道理的。不，無論怎樣說法，腰刀是不能拿到樓上來的。什麼呀，在這裡只要看一看就好，立刻交給你了。在種種爭論的時期，那鴇母走來了，說你為什麼又要在這裡想看一看呢？假如你想看的話，請下樓去，在樓下去看好了。這你是什麼意思呢，想到什麼事了呢？議論沒個了期，在我也是拚出了，把這件事的始末從實說了出來，鴇母和小夥子都聽了大笑起來。於是把腰刀取來，煞的一下插出刀來，乃是赤井繡光[129]的好刀，我說那麼請看吧，把刀鞘咣噹咣噹的搖了起來，一分銀子就跳了出來。呀，笑呀，什麼呀，到了現在我這才講的呵。又是可羞，又是可笑，實在是滿臉通紅了。自此以

後，同那一家弄得很熟了，便時常去玩，後來父母那裡也許可我回去，這之間變成老相好了，就背了進來的，便是現在的老婆嘛。這世間，你看是多麼有趣的世間呀。姻緣的繩在哪裡牽著，這簡直沒有法子知道。但是，對於傾城[130]總不可以迷住了。土龍大爺也似乎是多有桃花運，那個也要玩的不可迷住。我這是聽老婆說的話，有一個倌人切下了小指送人，[131]可是那個客人大為入迷了，就商量要替她贖身。同伴的倌人們聽見了這個消息，說那個什麼姐，這回的手指頭卻是切中[132]了！」

大家皆笑：「哈哈哈。」

注釋：

1古時候女人所戴的笠，中央很高，多用漆塗，為女人行商的所用，故名市女，但後來不常見，惟巫婆尚多用之。

2梓樹所做的弓，巫婆彈弓弦作聲，唱歌以降神。

3原文用假名へ字，因形狀相似，故改用入字。

4梵語稱在家學佛的人為優婆塞，漢譯居士，今戲改其語以嘲老不死的人，蓋謂娑婆世界悉被其所堵塞。

5此即老婆的擬人名稱，左衛門為男人極普通的名字。

6維摩詰於方丈的室內，勸請三世諸佛，並不見窄狹。九尺開間，一丈二尺進身，約等於一丈見方的地方。

7 阿鶴龜吉係指普通男女，猶云張三李四。

8 「新魂」原文云「新靈」，謂新死的人的精魂。

9 日本舊俗，人死後悉歸佛法，由和尚為題一「戒名」，最上等的稱某某大禪定門，其次則稱某某院什麼居士，女的稱作大姐，下文所云雜出的院號即指此。

10 此二句意義相同，雖然本來信士信女係指在世的人，居士大姐乃係院號戒名，這裡卻只是混同的來說。

11 十萬億土即極樂淨土。

12 俗語有云，地獄的審判也看金錢多少，這裡改為銅錢，表示這些往地獄去的階級，只有銅錢計算。

13 十二文係為死人緣故的布施，用白紙包錢文，略微一擰，俗稱紙撚兒。供水本係給死者上供，但此處係備關亡用的清水。

14 三途河係冥間路上的河，共有三條，凡新死的人不是極善和極惡的，都要經過這裡，按著各人生前的業報輕重，經過也有難易的不同。

15 巫婆的謝禮係錢一百文，白米一升。

16 悲歎與心願堆積起來，彷彿成了山坡，順便帶出冥途的山來。

17 俗語稱懼內的男子是給老婆墊在屁股底下。

18 佛經裡說地獄的名稱，叫喚地獄為八熱地獄之一，落在此中者不勝其苦，號泣叫喚。紅蓮為八寒地獄之一，落在此中者皮膚開裂，有如紅色蓮花。

19 極寒極熱的時候，躲在自己的家裡，不隨意去攪擾人。

20 俗稱妒忌的老婆與刻薄的姑都有兩隻角，蓋比之為惡鬼，故頭上有角。

21 巫婆當開始關亡的時候，主人先供水一杯，置於巫婆的前面。

22 關亡時如所招者為死口，即是死者的魂靈，供樒葉一枝，如是活口則用青綠的葉，不拘何樹均可。樒為一種香木，日本常用作供物，《本草》引《南越志》云有蜜香樹，但出於交廣，似非常見之物。

23 這四句原本係漢文，前三句係言環境清淨，末句言本人已斷六根的執著，故可請諸神降臨。

24 所請諸神均屬神道教，不一一注明，間有一二屬於佛教的，如金毗羅神出於印度，本義云鱷魚，為藥師十二神將之一，被崇祀為海神，船夫多信奉之。牛頭天王亦出印度，云是忿怒鬼神，為祇園精舍的守護神，俗相傳以為疫神云。

25 梓弓能招亡魂說預言，這裡尊之為神，雖然實在並沒有這個神道。

26 弓箭喻父母，一郎以至三郎說兄弟三人。

27 此梓弓係小弓，誇大的說五尺，意思說是一個成人的身量。

28 佛壇原係指各家所供奉的神龕，其中羅列先祖的牌位，日本稱人死曰成佛，故死者亦以佛稱，此處所說乃是在各寺院的祖墳，亦遂混稱為佛壇。

29 巫婆所用隱語稱兒童為寶貝，烏角巾係日本古時的帽子，類似紗帽，隱語謂長子。

30 意謂雖然不是自己的兒子，但同兒子一樣的寶愛。

31 檀那寺即本家所信奉的佛寺，參看初編卷上注131。

32 日本在墳墓建塔，係模照印度的辦法，有的即兼作墓碑之用，上刻戒名，其俗名則刻在旁邊。但近代亦有單用俗名者，仍用塔婆形式，無豐碑大碣也。

33 「廊子底下」原文意云椽下，本來說是廊下，轉變為簷前接續板廊，蓋日本家屋為南洋系式樣，故地基與房屋有尺餘的距離，其下又稱椽下或稱緣下。

34 把手給人，係狗的一種玩藝，狗聽見人命令，即將前爪舉起，加在人家手裡。

35 三助本係澡堂裡的夥計的名稱，專管燒湯添水，及為客人擦背的事。

36 木鱉子亦稱馬錢，是一種熱帶植物，果實有毒，從前民間用以毒殺貓狗鳥雀。

37 日本有俗語云「犬死」，謂白白的死掉，有如一隻狗。

38 折助為武士家中服役的小廝之稱。

39 原文云「阿三」，亦作阿爨，指廚房雜役的女人，用吳語譯作「大姐」，稍微適切，因大抵係未出嫁的婦女。

40 原文如此，因下文常使用，有保留原意的必要，故仍之。

41 上方此處專指大阪，因大阪商人敏於利，故設詞說犬皮性質特好，可以替代貓皮，用於三弦。

42 日本信佛教，謂人死後成佛，這裡的佛即是死者。

43 「立著要在大樹的底下」，係是俗語，言如求寄託，須去找偉大的人做庇蔭。

44 獵狗辛苦的獲得野獸，結果恰給獵鷹所獲，猶中國說赤腳的趕鹿，穿靴的吃肉。

45 御前烏鴉係冥土的烏鴉，云在關亡時掠奪供於死者的食物。

46 「不能倒流」，言各事物皆有順序，不能躐等而進。

47 佛教淨土宗相信人如皈依阿彌陀佛，臨死當有人來迎，生於淨土，俗語以一切的死云往生，這裡說年歲已老，可以準備死了。

48 「草葉底下」，言死者睡在地下，猶言在九泉之下也。

49 此處說神上升，彷彿是說前邊所降的神，實在卻是所招來的亡魂離開人身，故這裡的神即是指狗的鬼。

50 「成佛」等於往生，即是說死的好聽話。

51 「羅剎」原文云「山神」，據說出典係在相傳空海所作的〈伊呂波歌〉，羅列五十假名為長歌，其中「奧山」之句，世俗稱妻為奧方或奧樣，故作為隱語曰山之神。此語常用於懼內者，隱藏諷射，今改譯為羅剎。

52 見上文注40。

53 銀一兩為四分，一分為四銖。吉原妓女最上等的價值為三分，次中等的價值為二分，品川妓女價值為二銖，深川一帶價值為一串，即四百文。

54 一百文以下為私娼的代價，一種乘船賣淫的名「船饅頭」，上等者代價一百文，下等五十文，二十四文為「夜鷹」的代價。

55 見注13。

56 奈幾為變助的先妻的名字，意云哭泣，實際上無此種名字，此乃應其身分而假造的，如二十一段延公的妻名為阿浮，亦是同樣的例。

57 此係給兒童講故事，說怪物吃人時語，蘸了鹽從頭來吃，乃是比作魚來說，很有滑稽意味。

58 日本很看重媒人，遇有吵架事情，輒請其到來調處，頗有權威，其職業的媒人乃是介紹業的一種，

自屬例外。

59「那個孩子」此處係指變助的先妻，但在下文又是指變助的後妻了。普通妓家鴇母常謂所屬藝妓娼妓為那個孩子。

60原文意云圈養，專指為人做外宅的女人，養在外邊，每月得男人的若干津貼，謂之妾宅。

61日本舊時摔跤稱「角力」，有行司衣冠執掌扇，唱說判其勝負，這裡即是說叫人不能說出孰是孰非。

62即是說自己的丈夫，這裡寫出日本封建家庭的一面。

63日本答應的話最恭謹的一種，中國古語可譯作「唯」，在俗語中只有北京的「喳」，但此詞舊時只通行於聽差社會，恐此後也將絕跡了。

64酒醉回來，宜吃湯泡飯及湯豆腐之類的清淡東西，故吩咐家人預先置辦。

65鼻紙謂拭鼻涕的紙，多極細薄，平常外出的時候，常以一疊置懷袖之，或可譯「手紙」，但紙質實不相同。

66普通送迎的話，於家主出外時用之，此種封建習俗，今亦尚有存留。

67「梵天國」為淨琉璃之篇名，在江戶時代常用於慶祝，及此曲演了則一切結束矣，故後來用作至此為止的意思。此處言如有吃醋情事，便一切完了，就是要被趕了出來了。

68此以戲劇轉臺，喻女人迷戀時轉變態度的巧妙。

69這一首歌見於《大和物語》第一四四段，此係一種歌話，即以歌為主而連帶的說其故事，故其書名如其說當為《大和歌物語》，與《伊勢物語》為同一種類，惟著作年代則略在後，據考訂當為十二世紀末年。

70這一件故事亦見於《大和物語》第一五三段。

71鹿鳴求偶，這裡卻活用了，作為雌鹿叫了為的思念丈夫。

72原文云「阿圍」，即指外宅，見注60。

73指以前出錢的主人，蓋言今已斷絕了。

74日本在明治維新以前，婦女在出嫁後必須剃去眉毛，且將牙齒染黑，以示區別，不如此者將被視作異物，如這裡所表示。外宅不是正式的婚姻，故裝飾不改。

75落雁係一種點心，乃古來粔籹的遺制，炒豆麥為粉，加飴糖入模型搗為各種形狀，其初因加入黑芝麻，取其形似故名落雁。「炒米團」原文作「岩粔籹」，謂其堅固有如岩石，係粔籹之粗製者。

76搽灰很費工數，如在包工，則承包的工匠頭兒便有賠累之虞，勢非逃亡不可了。

77「極彩色」指板畫中顏色豔麗，須用多次套板印刷著。以下均是關於印刷板畫的專門話，所以一般的人聽了沒有興趣。

78土龍順口開河的模仿說部的胡謅下來，糊里糊塗的入了神還只顧念，直到看見外邊徒弟走下，乃始明白過來。

79淨琉璃為日本民間一種音曲，在十七世紀末由竹本義太夫集各派的大成，以後遂以義太夫為淨琉璃的代稱。義太夫由一人說唱，一人彈三弦伴奏，別無他種音樂。

80「粗幹子的三弦」係義太夫所用，這裡本別無關係，只因所關活口原係彈三弦的人，故因了上文弓弦而順便引出，表示關聯之意。

81義太夫出場的時候，實際上雖未必有茶盅的供應，但這裡為的暗示說話的人的身分，所以這樣說罷了。

82「草葉底下」意言人死，見注48，這裡就是說他並沒有死，卻是遇了神隱，所以是在杉樹陰兒底下，蓋俗信「天狗」的住處乃是在深山的杉樹上邊。

83日本民間俗信有「天狗」一種怪物，形體如人而有翼能飛翔自在，面赤鼻高數寸，手執羽毛扇，能降禍福於人，故民間甚敬畏之。其來源不可考，與中國天狗不相涉，或當來自印度歟。

84荒神見初編卷上注61。但這裡只作亂暴的神講，人們輕易觸犯他不得。

85這只因天狗在樹林中的聯想，引出淨琉璃的歌詞。

86淨琉璃的一派，出於宮古路豐後掾故名豐後調，其後又派生常盤津、清元及新內各調。

87這裡重複的說，本是謹慎的言語，卻意在揶揄，變作玩笑的口氣了。

88土龍說的全用說書的口吻，這裡只能述其大意。

89此後有許多話全用藝人的隱語，但作者亦一一旁訓注明，今只照本來意思譯出，不能加以區別。

90日本男子雖結髻而剃去頂髮，惟神道家則否，今天狗亦滿留頭髮，不作時裝。

91英彥山在今九州，大分縣及福岡縣分界處，為修驗道的中心地。修驗道屬於佛教密宗、專從事焚燒「護摩」，祈禱念咒，伏處山野做種種苦行難行，獲得神通，因此又頗近於中國的道教了。中國密宗因曾遭禁止，故此宗派在民間遂不傳，日本則空海以後頗見發達，修驗者稱為「山伏」，今尚有之。

92酒有喜歡喝熱燙的，今仿其語，謂天狗喝熱鐵當酒。

93信濃在江戶近旁，每逢冬天農閒的時候，信濃人相率來江戶謀工作，相傳最善於吃飯，為川柳笑話中好材料。

94這裡作者有旁注云：「此蓋是天狗道的語言，語意待考。」

95「月有，德虎」，原文如此，係工人社會的隱語，「月有」的反面則為「日無」，可轉借解作每天付給的印子錢，「德虎」的反面則為「損龍」，可轉借解作賃錢，謂出錢貫賃東西。

96「怨鬼」係劇場的隱語，謂所負的債，如怨鬼的纏繞。

97紙糊團扇上塗柿漆，人家用於灶下，用以扇火爐者，窮人別無團扇，故亦用以招風。

98羽毛團扇為天狗所持，山風者劇場遇怪物出場，急擂鼓做風聲，此處則言以昔時因緣，故今乃為天狗所毆打，羽毛團扇的山風者比喻之詞。

99俗語云「金錢是怨家」，今轉化為「羽毛是怨家」，取其kane與hane二字疊韻。

100茶館照字面直譯，與平常吃茶店不同，亦與初編卷下（看注81）有異，此係附屬於妓院，專為遊客辦理拉縴事務者。

101這裡便是說對於兩方面的害處，前者是人間世的妨礙不能發跡，後者則是對於天上犯了不淨的污穢。

102日本古時一種計重量的單位，稱曰文目（monme），等於開元錢一文的重量，其後轉為幣制，計銀一兩等於六十文目，今姑譯作錢，雖然實際只是二十一錢。

103見初編卷上第五段。

104這裡故意模仿中國的說部口氣，原本亦是漢文。

105此句出李義山《雜纂》，見「殺風景」項下，據《說郛》刻本此項只有十二則，其中卻沒有「妓筵說俗事」一句，查《雜纂》以後續輯凡六種，亦均不見。

106此係一種諢名，「小姐」原文云「姬」，乃是貴族的尊稱，與普通的小姐又有別。

107狐狸的年老成精的，腹毛皆蛻光，用以相比。

108客人欲歸時，照例由其家下女為整理所著屐履，俾客人下來即可穿著。

109冷飯草履乃是一種粗糙的草履，係用稻草及竹皮所製。草履與草鞋很有不同，草鞋與中國的相似，草履則類似木屐，但鞋底乃用草編織而不是用木頭。

110日本習慣使用敬語，如謂冷飯即曰御冷飯，但冷飯草履乃一混成的名詞，故加說御冷飯乃成為笑柄了。

111抓錢會或簡稱曰「會」，每月出錢若干，第一月由主會者收用，以後每月抽籤（或預先規定次序）收受，再出利錢補足，以至滿期，日本稱曰「無盡」。

112日本語謂小火未成災者稱為 boya，這裡因此誤會謂火災有遠近之分。救火鐘遇火災甚近則用連敲，餘則以緩急表示距離遠近。

113延公蓋是給人家管事，故每日從宅門子下班。

114和服中下裳日本稱曰「褲」，狀似裙而下略分歧，卻不像褲腿那麼長，故稱作褲亦似不大合適。

115日本衣服脫下，略將兩袖一齊，稍微摺疊，稱為「袖疊」，但下裳則因為沒有袖子，所以用這個名稱是可笑的了。

116日本人有時因所著和服妨礙行動時，將後面衣裾提上，掖在腰帶內，名「老頭兒掖衣裾」，因為老人衣長行走不便，故常如此，少壯男子及女人均不然。

117有人習慣於無事時顫抖其兩腳，日本俗名為「貧窮搖」，人多忌諱，謂要使人貧窮。「老頭兒掖衣裾」原語為 jinjin-bashori，「貧窮搖」為binbo-yusuri，語感頗相近似，因以致誤，雖屬可笑，尚屬天真爛漫。

118原語云 oiran，係由「我」字轉變而成，普通以稱妓女，別無輕蔑之意，今故譯為倌人，窯姐兒一語則用以譯「女郎」。

119「新造」原意新造的船隻，轉以指年輕的女人，可譯作媳婦。這裡用在妓院，乃是指年輕的妓女，參看初編卷中注78。

120吉原妓院有種種規則，如有客人違反該項規則者，便禁止「登樓」，因妓女住於樓上，故登樓即為宿娼的別名。

121曲中見本編「序」注8，猶俗言窯子裡的事情。

122妓女年期已滿之後，由熟客照應，供給每月費用，作為外宅。

123妓院遲起，早上十點起來已為極早，原文云「四時」，係按江戶時刻計算。

124落語即笑話，因每個故事於著落處說出，故名，後來乃轉變為單口相聲，仍名落語。

125由水路往吉原者在柳橋登舟，沿隅田川以至山谷堀，即此裡所說的壕溝。

126南鐐見初編卷中注73，每片上邊有漢文鑄著文曰「以南鐐八片換小判一兩」，這裡便模仿上面的文句，說遊戲話。

127拱背牛指石刻或銅鑄的牛，伏著拱其背，似專供人撫弄似的，原文云「撫牛」，今用意譯。

128日本不論公私貴賤，皆是奉公，所以這裡妓院裡的帳目亦云公費，直譯或可云勤務費。

129意言一把赤花斑駁的鏽刀，故意這樣說好像是名家製作的寶刀，赤井鏽光乃擬作刀上鐫刻署名的姓名。

130見本編「序」注10。

131妓女為表示衷情起見，為客人炙臂剪髮，或切取手指為贈，若更進一步則為以一死表示「心中」，即所謂「心中死」也，俗仍簡稱心中。

132妓女因切了小指送人，客人迷住了，故稱之曰「切中」，猶云彩票打中了。

卷下

馬陰的失敗

土龍：「話說，[1]昨天親眼看見奇奇怪怪的事情，呀，說起來是上好新聞，恐怕誰都願意聽的。這是怎麼樣的人呢？此人乃是街坊新開路的人氏，姓盧田，名萬八，[2]字叫作什麼呢，諢名蹦跳的東西，[3]俳名稱為馬陰。」

竹公：「嗳，什麼呀，是那個儼乎其然的傢伙，戴著現今時髦的絲綿頭巾，有那尖利的聲音的人嗎？」

土龍：「正是正是。看招牌是個風流俊雅的才子，講起話來口若懸河，初看的人便被嚇住了，很是出驚。可是進到後臺去一看，卻是一點都沒有的漢子。那詩人牛陰囊[4]說得好，他說馬陰是荷蘭字的草書。[5]這是因為草書字是骨碌骨碌骨碌捲上幾捲，往右邊的筆尖忽的向上一跳。懂了麼，這意思是如賣藥的招牌上所寫的樣子，看去叫人覺得十分闊氣，必定別有道理，世上人不瞭解，便被嚇住了，這種字體稱作蹦跳的東

西，雖然比方得有點迂遠，但是詩人所擬的，倒最是的確。自此以後，馬陰的諢名不再是「蹦跳的東西」，卻說是「紅毛字母」了。閒話休提。且說昨天酒樂和尚同了那個漢子和我三個人，去訪岡山鳥[6]的山齋，山鳥是個很能喝酒的人，極為有趣的男子。先是寒暄過去了，隨後就是照例的大喝其酒。這且不在話下，卻說那時從後門退了出來的時候，和尚已經大醉了，用了重濁的聲音，高聲唱著俗歌，有時發出大聲，哈哈大笑，又獨立嘰哩咕嚕的說著話，踉踉蹌蹌的向前走著。這裡話分兩頭。且說有一個窈窕的少女在這裡。諢名叫作阿白。為什麼叫作白的呢？這是因為紅粉妝成，大費工作，所以如此稱呼的嘛。很別致吧，喂，請諸位原諒這個。我每逢講話到了要緊的地方，便有我所喜歡的說部的調子出來了。這乃是我的一種脾氣，務請原諒。——那個閨女是在從與太郎町出到片側町的路上，走過半町多[7]的路，右邊是浪人[8]或是醫生的住家，黑的突出的格子門就是。」

鬢五郎：「唔唔，知道了。那個閨女是有名的。」

松公：「唔，那個嗎？」

土龍：「就是，像是掛在柱子上的仕女畫裡的身段，從格子門露出著半身的。」[9]

竹公：「是在物色[10]過往的男人的閨女呀。」

長六：「無論什麼時候總是穿著很漂亮的衣裳。」

短八：「是的，那金毛織[11]的腰帶是她最得意的東西。」

長六：「這倒是知道得很清楚。」

錢右衛門：「可不是白面金毛九尾[12]的閨女嗎？」

松公：「未必不騙過許多男人吧。」

土龍：「那個馬陰本來雖是很好色的漢子，可是在花柳界沒有緣分，窯姐兒常以後背相向，[13]所以逛窯子是不喜歡，卻是專搞住家人。」

長六：「那麼是收買破爛[14]的麼？」

土龍：「那簡直可以叫作收買死人貨[15]的客人了。總之自誇自負，可以說是由這人開始的樣子，平常頂愛裝門面，鬈縮著的頭髮一根根的擺列著，拔鬍鬚的鑷子一刻不離手頭，午睡醒來的時候也刷牙齒，用兩個手指從前額起順著鼻子摸下，是他一定的手勢。隨後用那隻手，把領口合攏一下，再將前衿一拉，咚的拂拭一下膝蓋，四方的坐著。此時將兩隻手順著外套反摺的地方，[16]理了一理，然後左右分開，可是這個——，於是說出開場白來。不，真有這可笑的事，就是在板壁映出來的影子，也偷眼看著，整理著衣衿[17]哩。回過頭來看腳後跟，試看後姿的影子，再來抓頭髮，摸屁股，簡直麻煩得沒有辦法。」

短八：「可是，那個閨女怎麼樣了呢？」

土龍：「這暫且按下不提。那個閨女是不論誰走過，都在那裡的，他卻並不知道，且聽他的說話吧。——總之當小白臉是很麻煩的事。她想定我走過的時刻，一定伸出

頭來。那個傢伙是一定對我有意思[18]吧。於是每天就去候著[19]她。」

錢右衛門：「這是鬧著玩的吧？」

土龍：「什麼，這在本人是誠心的，所以很可笑呀。什麼，關於女人的事，都是楊枝隱身法[20]吧。」

竹公：「沒有什麼事也去走麼？」

短八：「吊膀子的也夠辛苦啊。」

長六：「可是總是吊不上。」

松公：「候著候著的人，結局是都被候倒了楣。」

錢右衛門：「這是什麼意思呢？只要拿出錢去，就本來可以隨所喜歡買到了女人的。」

鬢五郎：「大概是由於好事吧。」

土龍：「不，你別這樣說。在這裡是色與戀的差別所在呀。窯姐兒的方面是女色，住家人的是戀愛。色與戀雖然是說作一起，但實際色與戀乃是菖蒲花和燕子花呀。」

松公：「我們這麼份兒的色與戀，乃是烏賊與魷魚吧。」

竹公：「鄉下佬的色與戀之分，乃是長南瓜與圓南瓜的差別麼。」

長六：「喂喂，這樣說下去故事要中斷了。」

短八：「可是那副醜臉也來講什麼戀愛，也是討厭呀。」

長六：「戀愛不是單憑臉去講，那是靠意氣相投的。」

土龍：「卻說，剛才所說這三個回來的時候，說大家賞光一路同走吧。我也想一看那裡的光景，所以便把和尚硬拉了來，故意在那裡走過。講到這裡，可笑的事情來了。馬陰本來像是盆景裡的富士山[21]的樣子，漆黑的圓臉只有鼻子特別的大，個子很低，穿著三尺幾寸的小裁的衣服。同他正相反的是酒樂，乃是五尺以上的偉大法師。行嗎？若是並排走著，馬陰的脖頸剛才到和尚的腰邊。於是三個人排著走去，照例那個閨女站在門門口，這邊一眼瞥見，馬陰便說，讓我轉到那閨女這一邊去吧，特地走過溝邊，到格子前面去。這時和尚因為剛才的忙碌，已經引起十二分的醉意，似乎有點噁心，乃哇的大喝一聲，馬陰聞聲驚駭，狼狽回顧的當兒，突然把吃的東西吐了出來，那個子矮的馬陰從脖頸到兩邊肩頭，前後都是，滴滴答答的淋了一身，呵的一聲將身退後，想要避開，因為是在溝邊，馬陰便落到陰溝裡去了。」

鬢五郎：「呀，這不得了。哈哈哈。」

土龍：「這溝雖然不深，可是因為個子不高，剛到這裡。」用手放在乳旁作比。「呀，這時說不上什麼擺架子、擺棒子了！我們兩人吃了一大驚，一時站著發呆，往來的人逐漸聚集攏來了。因為這樣很是不成樣子，要拉他上來，卻因為沉重而拉不起來。這邊因為怕髒，閃開身子，只抓住兩手，更加拉不上，和尚覺得抱歉，一面搖搖擺擺的站不住，卻還要來幫忙。說不，回頭你又落到裡邊，請你不要管好了，卻乘了醉愈是固執，更不肯聽，好容易才由兩個人把他拉是拉起來了，可是沒法子收拾。馬陰臉色鐵青，從脖頸到胸前全是嘔吐的東西，從乳下到兩腳全是爛泥，站在那裡，此時寒風射膚，全身又為水所浸，嘎嗒嘎嗒的顫抖，狼狽又加為難，一句話都說不出來。因為雜人太是聚集得多了，看街的人拿著棒走來，[22]便趁勢帶了走到相隔有半町遠的官廳去，躲在沒有人看見的地方，脫去衣服，給他照料，但見袖子裡邊漆黑的水從袖口冒出來，博多帶[23]上掛上些紅的筋斗蟲，金花的皮褡褳上纏了些蚯蚓，好像是絲條的樣子，真是不得了。」

竹公：「喂喂，剛才說話的裡邊，紅的筋斗蟲不是冬天所有的吧？」

土龍：「怎麼樣會有了的。先就添在上邊吧。這之後就給揩臉，打掃脖子，那裡是蔥燒鴨子裡的蔥呀，雜燴[24]裡的芹菜呀，都掛在本田髻[25]的上面，可不是嗎。」

松公：「呃，髒透了。」

長六：「聽了也討厭。」

土龍：「這樣那樣的時候，我們家裡出入的工人走過了，便託他去把衣服拿了來。那時又烤火，擋住了寒氣。總之，從那溝邊直到官廳，一路都是爛泥的腳印，假如是妖怪的話，就可以跟了這足跡，[26]前去征服了。」

錢右衛門：「那閨女怎麼樣了呢？」

土龍：「閨女不曉得在什麼時候走了進去了。那時候再也顧不得什麼閨女了。小白臉從此切斷了緣分，為了很別致的事情，把緣分斷了。」

短八：「以後總不會再去候了吧？」

土龍：「因為是厚臉皮，所以也還是說不定哩。」

錢右衛門：「對住家人吊膀子的人是壓根兒不要臉的，所以一點都不在乎。」

阿柚的成名

鬢五郎：「懶惰人，給別處糊紙門，——正如這句子[27]所說，在自己家裡沒有把橫倒的東西豎起來過的，為的吊膀子，往人家去，連算帳也給做，或是託買東西、跑差使的人，也盡有的。」

短八：「當然有得是。開青菜店的青右衛門的那邊，有來吊阿豆的膀子的一個小夥子。前幾時，妹子阿柚死了，不就好了嗎，連父母也都睡了，卻去給死人熬夜，[28]這也就算了，很年輕的人，拿出念珠什麼來，假裝禮拜。朝著佛壇打起鐘來，嘴裡喃喃叨叨的念什麼佛。這些假如能得阿豆的答應，倒也罷了，可是那邊卻是完全討厭得很。」

松公：「只是想叫弄點好吃的東西來吃，享點口福吧。」

錢右衛門：「沒有一點風流氣，全是貪饞吧。」

竹公：「可是那個貪饞，也因為本性是大大的啬刻，所以也做不出什麼事來。」

松公：「一個錢也不使，卻裝出使錢的樣子，做得很漂亮的，這樣的人也是多有的。」

短八：「在出喪的時候，更是出奇的幫忙，獨自處理事務，後來被房東所批評了，喂，你這是算什麼呀，真是豈有此理，好像親戚都沒有人管事的樣子。這麼說了，面子寂滅，[29]這才完全倒了楣。這之後，一看戒名，[30]乃是緣應信女戒名只有兩個字。上面再有什麼什麼兩個字，接著緣應信女那倒還好，只是兩個字彷彿是葬在抛進寺[31]的模樣了，而且以前的佛[32]大抵取有院號，什麼什麼院，什麼什麼信女，都是很冗長的，這回的為什麼這麼短了呢。去與施主們商量一下，有的點點頭，說可不是嗎，有的贊成這個意思，說這也是的。於是去與和尚接洽，和尚說的是如此：這回成佛的人乃是早夭的方面，所以沒有什麼修行。以前成佛的人總有兩次到過本山朝拜，此外還有種種宗教上的功德，所以給題上院號的。這樣說了，那傢伙乃是個冒失的人，乃說出家人柔和忍辱，什麼什麼亂七八糟，[33]可是外行人怎麼想呢。」

錢右衛門：「外行人哪裡有這種說法？是說在家人，或是檀家吧？」

短八：「唔，是說的那樣的話。在家人看來是戒名短了，覺得這成佛的人簡直的不值錢的了。你說沒有什麼修行，以前成佛的人是活到六十七十才死的，所以本山也去過，功德也有了，但是這回的佛頂多也才是十六歲的閨女，所以不能夠做到那個樣子。這裡要請特別柔和忍辱，戒名略微讓一點子，即使不能用院號，至少也請加兩個字上去吧。好像是向著當鋪裡的夥計求情的樣子說了，和尚卻生了氣，說你雖是亂說柔和忍辱，但無論是柔和忍辱，無論是蔥蒜韭菜，寺裡的規矩是對於沒有修行的人，不能給與長的戒名的。於是那個傢伙也只好銜著指頭[34]退了下來了。」

錢右衛門：「我也聽到這一番話。其實說寺裡的規矩，也不必那麼死板，再給加添兩個字豈不好嗎？這樣子辦，施主也高興，每遇做法事時的布施也愉快的送去，和尚的利益也著實的增加。寺院裡有沒有一本厚總帳，雖是不知道，但計較金錢乃是世俗的恆情，不論僧俗都有生計應當照顧。乾脆的一句話，本來叫作權助信士、阿三信女也就盡夠了。[35]那些有名的地位高的人們，有種種的事例，那不關我們的事情，若是平常人的戒名，要代代院號、代代居士、代代大姐的這樣鬧法，那實在是驕奢的辦法。我是對於緣應信女的兩個字呢，或是什麼院大禪定門，覺得都無關係。假如起了很難的戒名，到了孫子的一代已經不能認識了，問那來念經的和尚，[36]也是說這個麼，什麼雪院什麼香花居士[37]吧，頭一個字與第三第四個字，噯，噯，便念不出來，可是因為不肯服輸，不說是不會讀。那就不認識呀，請教了會讀的和尚，可是又忘記了，到了孫子曾孫這一輩子，便不記得先祖的戒名，過著日子，偶然要拜的時候也只說南無御先祖，或者說十五日的佛爺，[38]這樣的說也就成了。呵，是吃素的日子，呵呀，刨了木魚[39]了！噯，怎麼辦呢？買點油豆腐上供吧！什麼，飯已經動過手了，[40]呵，還是

且上了供吧。嘿，佛爺，請賜原諒吧，今天早上真忘記了。且閉了眼睛，張開大嘴吃飯，哼，用木魚什麼開葷，真可以說不合算，[41]這是世間一同的，我們的習慣呀。這個，好吧。什麼院吧，一錢不值吧，[42]這乃那些有名的地位高的人們的事情。在平民則只是在死的時候的世評罷了。活著的期間，盡力講名利名譽，盡量的驕奢還嫌不足，到了死後卻還要講名利名譽，極盡驕奢。什麼院號以至居士，豈有此理的長，像法性寺入道[43]那樣的，叫人家不能夠接連念三遍的佛爺，不曾聽說有往生於千張座席大的蓮花[44]的回信，到達於菩提寺，[45]也不曾聽見緣應信女的戒名短了，還在那裡迷路，[46]所以有鬼出現了。那麼長也罷，短也罷，全是沒有關係。死了以後的事情管它什麼呢。就是活著，現在這時候有什麼事情，也還不能知道哩。因此那死後的事情，哪裡能夠曉得？本來缽兵衛[47]信士、阿三信女，已經夠好了，但是缽兵衛與阿三乃是活著的時候的名字，那是神道，[48]死了之後佛道給接受了過去。因為在這可尊敬的神國的名字，給死了污穢的身子帶了去，對於這國土的諸神是很對不起的。所以用了佛道的法式，說什麼信士，稱作怎麼樣的法名，給題一個長的，或是給題一個短的，全是和尚的意思，

用不著我們這邊打算，因此這種事情也就扔下不管好了。地獄裡的審判也看金錢的多少嘛。和尚之中本來也有像文覺上人[49]這樣急性子的人，所以一律的說柔和忍辱，也是不行的。又如講地位給長的戒名，那麼平民都像緣應信女一樣短好了。因為是出家人的身分，究竟不全是為的金錢。又如講修行或是功德給長的戒名，那麼有名的人可以不必管他，做買賣人裡的富翁也不必管他，凡是早夭的人就都給短的就是了。無論有萬兩的財產，只是買賣人的身分，或是沒有功德，都是短的戒名，那也是很好的事情呀。可是這並不如此。那些有名的有地位的，或是有萬兩財產，對於佛道修行一點沒有的佛爺，卻用了很長很長、一口氣都說不了的戒名，看了這種事情，不知怎的覺得那些話全是靠不住的了。」

土龍：「每日忙於生業，年輕的人死了，都是功德修行什麼也是沒有的。」

錢右衛門：「青菜店的閨女阿柚是有福氣的人。第一是戒名短得好念，讓我先去禮拜一番。這個，我是不懂得狂歌[50]的，不知道這可以算是狂歌嗎。為了給阿柚做追薦功德，所以想了起來。這是剛才成功的、頂新鮮的東西。早點買是上算。[51]這樣的說吧。先是題目什麼寫上一個。哎，什麼呀。喂，有筆借用一下。哪裡，哪裡？哎哼，不是普通的歌人呀！

十萬億土說遠就遠，又說近也就近。

緣應信女說短就短，又說長也就長呀。

把這又字塗掉了吧。這是沒有用。行吧？哼，這樣且隨它去吧！什麼，因為是多餘的，所以塗銷了好。這以後是歌了。哎，等久了。喂，這個，好了好了，寫成功了。

喂喂，大家請聽著吧。

戒名有長的，
也有短的，乃是
青菜店[52]的緣應信女。

怎麼樣，怎麼樣。是名歌吧，是名歌吧？」

土龍：「這是臨時小戲[53]的歌呀。錢右衛門大爺也是不能小看的人物呵。」

鬢五郎：「這真是妙呀。哈哈哈。」大家都笑了。

錢右衛門：「呀，今天真逛得太久了。喂，走了吧。」

鬢五郎：「往哪裡去[54]呢？」

錢右衛門：「今天是花錢的事。送去南鐐一片，且喝杯酒回來。」

鬢五郎：「你的個子很像是能喝酒的樣子，可是不能喝嗎？」

錢右衛門：「這也可以算是毛病上的白玉[55]吧。這上邊若是再喝上了酒，身家要難保了。」

松公：「是不是有什麼婚禮麼？」

錢右衛門：「我的伯母的兒子，和來作客的姑娘說上了，又懷了胎，所以就同那父母要了來，做成了夫婦了。」

鬢五郎：「那也是戀愛吧？」

錢右衛門：「總之是戀愛吧。」

土龍：「是鯽魚[56]吧。喂，我也就回家同穴，[57]交情不淺。錢右衛門大爺，我們一同走到那裡去吧。」

錢右衛門：「我是到了那拐角，就要分離了的。」

土龍：「那麼也好，總之表一點情意吧。呀，再見了。」說著就穿上木屐。

錢右衛門與土龍兩人：「哎，諸位再見。」

在裡邊的諸人：「噯，那麼再見。」各自分別走去。

長六：「那麼樣，我也該走了。」

短八：「真是屁股好沉。」

長六：「沒有錯兒。」

短八：「我也回去吧。」

鬢五郎：「一陣回家的風吹來，大家都要走了。且談一會兒天吧。」
兩人：「松爺，竹爺，哎，再見了。」
松公：「喂，回去了嗎？」
竹公：「再多玩一會兒也罷。」
兩人：「噯。」就回去了。
竹公：「那個，鬢爺，錢右衛門也真是還年輕哪。我從小時候看見他，總是那個樣子呢。」
鬢五郎：「是住在人魚町[58]的緣故吧。」
松公：「玩笑開得不大好。」

理髮館的內情

竹公：「那個，許多人在這裡的時候，也不注意，阿留這小子到哪裡去了？」
鬢五郎：「差遣出去買東西去了。」
竹公：「那小子近來的手段好了起來了，是嗎，松公。」
松公：「唔。」
鬢五郎：「還沒有欲望，所以還不行。」

竹公：「現在幾歲了？」
鬢五郎：「十六歲了。」
松公：「非常馴良的少年。還沒有風流氣哪。」
鬢五郎：「唔，是呀。」
竹公：「等著看吧。臉上面皰長出來的時候，慢慢的要起頭了。」
松公：「將來會成功一個好手的。」
竹公：「但是理髮也是一種很辛苦的職業吧。」
鬢五郎：「豈但是辛苦呢？起頭學習的時候，腰骨很痛，簡直不能伸直。拿著剃刀的手像棒一樣，到得拿梳子的時候，弄得非常為難，而且整天的彎著腰，俯著身子，所以上了火眼花頭暈。這不是現在的話，因為積了年功，所以至今已是好了，總之一切的都非習慣是不行的呀。」
竹公：「所以說學習不如習慣嘛。」
松公：「是夏天好呢，還是冬天好呢？」
鬢五郎：「這也很難說哪一方面好。夏天是汗出來，黏成一片，冬天是天冷了，手部凍僵了。夏天做夜工，蚊子很是討厭，想要搔癢，也是油手。」
竹公：「是這樣嗎。營生的事是很困難的。」
松公：「說什麼可怕的事，這無過於營生的了。」

鬢五郎：「而且理髮的事，無論是跑街[59]也罷，開店也罷，都是非奉承人不可的事情。而且在大眾的裡邊，有些是特別不好對付的客人。真是十人十色，要分別應付，順了各人心裡高興的事，隨口的答應。這簡直同窯姐兒是一模一樣的法子。這個生意是很特別的，要像貼在大腿裡的膏藥[60]才好。」

竹公：「這是現時的生活方法嘛。」

松公：「說我理髮理得好，裝著苦臉，是誰也不會來的。」

竹公：「所以會說奉承話呀。」

鬢五郎：「或是模樣兒長得好。」

松公：「什麼，說模樣兒幹嗎？」

竹公：「真是的，一切的事情總之非有愛嬌不可呀。」

松公：「但是無論何種行業，這都是一樣的，然而這東西是，一到年老就不行了。」

鬢五郎：「一過了五十，就有點為難了吧。」

竹公：「到了五十六十，一向耽誤著沒有成功，那也就是不成器的東西了。」

鬢五郎：「那自然，不過不管什麼生意，總難得這決心。」

竹公：「大概總知道個大略，所以各自應該早自預備了。」

松公：「現在就是跑街，或是開理髮館，要是夥計代做的話，就回話說今天且算了吧。」

鬢五郎：「跑街且當別論，理髮館全是這樣的。因此假如在放假的第二天，工作重疊，忙得頭都要昏了。總之不要替代的夥計理髮嘛。在我自己也是如此，若是有點兒和平常不一樣，便覺得很不好過，這原是人情呀。」

竹公：「跑街的理髮的人當中有些好手，好容易成了熟識了，卻又搞一個梳頭傢伙的什麼會，[61]跑到別的街上去了。」

松公：「在這裡邊也有很可惜的人，但在一條街上不能長久的跑。」

以前站在門前曬太陽的一個男子，這時候走進門裡來了。這人名叫蛸助。[62]

蛸助：「松爺，關於這件事，這個鬢公是最能幹的了。跑街外叫有五六條街，理髮館共有三處，都派了徒弟出去，沒有什麼話說的。而且這個理髮館親自動手來管，專門賺錢，所以金錢是多得積壓著都要叫喊起來了。」

松公：「說是存起來了，這大概是假的吧？」

竹公：「用了別人的名字，暗地裡各自拿著哩。女人的事情同這賺錢的事情，是沒有半分的漏洞的。」

蛸助：「就是一個月裡掙來的錢，積了起來也是了不起吧。」

松公：「因此看那理髮館吧，多麼闊氣呀。」

蛸助：「是嗎，過幾時那個放傢伙的箱子，就要變成金銀琉璃，硨磲瑪瑙等所嵌

鑲的了。——不，在我們小時候的那理髮館裡，在胡髒的水桶裡汲著水，此外又是那一副窮相的小盆。外面的紙門上邊，畫的是助廣治[63]的家徽。什麼，魚樂的圓圈裡的仙字，十町的馬嚼鐵，[64]那是兩個花紋比翼[65]的畫著，用銀硃和淡墨，各自分別的著色。和這紙門相類的東西，有用蛇腹隱縫[66]正平花紋[67]的當中，畫出直立插花式的松樹，染作淡墨的平金繡花鋪的紙門。那裱畫店的紙門呢，那又畫作偷眼看鄰家的達磨。現在也還偶然看見，沒有從前的那麼多了。理髮鋪的紙門上，除了助廣治之外，畫那做戲的家徽的有那坂東的獨鈷，[68]市村的漩渦，瀨川路考的姑娘[69]和市川團十郎的三重的筋斗，江戶一面都是的。其中有外行人所畫的武將以及優伶，或有種種的故事畫，但是顏色用的是銀硃、黃梔以及藍色，在沒有上過礬的紙門上畫去，所以在墨筆之外，藍色都滲出來了，眼睛裡也是青的顏色，銀硃的渣也黏在一起，黃梔是水與黃色各自分開了，底下炭畫的痕跡都可看見，哎呀，這真是不值一看的東西。近年有什麼叫作蟲吃的，雙鉤了著上淡墨的桐油的紙門，寫招牌的和燈籠店，都各有很漂亮的成績。而且畫優伶的戲相的，也有那浮世繪師的弟子們來動手，在極彩色的紙門上面，也有種種意趣。染店所染的暖簾，[70]以前總是大字或是底邊花樣就是了，現在卻也有各式的人物，用彩畫印刷，或顏色套印出來。的確，人是漸漸的變了巧妙起來了。世間萬事，都能夠手搔著癢的地方了。只要拿出錢來，這世間便沒有什麼不足了。」

占波八賣鴨子

說到這裡，雞鴨店的叫作占波八的男子走進來了。

占波八：「蛸助大爺，為什麼嚷嚷？在隔壁的簷下聽著，只聽見你一個人喳喳的吵著哩。」

蛸助：「唔，不，我只說現在的世界變得真是方便了。」

占波八：「你是剛才知道的嗎？已經遲了，遲了。——這個，有綠頭鴨一隻剩了下來，照原價賣了，你們要買嗎？」

蛸助：「我們是只配買母雞的。」

占波八：「真嗇刻。別管這裡，只管去吧。懂得嗎。」撩起後裾來，亮一亮相，嘴裡做出三弦的聲音，走到上邊來，這乃是個元氣旺盛的人。「喂，這裡是沒有人要買麼？想賣掉的只有一隻。使用江戶三座[71]名角的相聲，來表示敬意。男角是幸四郎，三津五郎，團十郎，松助。[72]這是全然不成。女角是大和屋和紀國屋，三河屋和伊勢屋，[73]青菜店和雜貨店，隨意挑選。也是什麼都不成。只是我說相聲，在我所說的以外，沒有模仿別的事。請先賞識這鴨子再說吧。肉味噴香，不沾牙齒，像是表兄妹的味兒。[74]北洲的千年也是蜉蝣的一時，盧生的夢也是五十年，[75]一時的榮華延長至於千歲。千金萬金的支出，要細加考慮，那也是道理，可是這只是風前的塵埃罷了。四百五百

文的錢，使用在無聊的事上，一分二銖的銀子，拋棄在意外的洞裡。貴地的確是繁華的地方，進港的船有一千隻，那麼出港的船也有一千隻。還有不知道的人，有也不能定，這樣的人便請他試嘗這風味，代價只要八百文。嘗了一口，假如說是不新鮮的話，在收了代價之後，這邊可以完全退還。從元旦到除夕，與諸位接觸著的，在這裡是固定的店鋪，招牌掛在臉上的，連小孩們也都認識。不是今天在這裡，明天到山地去了的，[76]那種可疑的人，所以沒有賣錯了東西或是買了吃虧的事情。不，不，也不是什麼年輕的人。對於我所說的話，未必沒有人說是多有誑話的。假如有那樣的人，那麼，這裡寫著的地方便是好證據。可是，凡是商人，絕沒有一個人說自己的貨物是壞的。大雁和斑鳩，也是不吃便不知道它的味道，這是很有道理。又如山寺的鐘雖然能鳴，要不是法師走來，用鐘槌子撞過去，也不知道它的聲音。在酒店門口，站上三年三月，不去喝酒，便不會酒醉。總之先請試吃了，如是實在同我說的一樣，風味佳良，請賜照顧便了。並不是只以今天為限，每天早晨都在此地開張，雞鴨店的占波八便是。——唉，說得嘴也瘓了，內掌櫃，茶也好，白湯也好，請你給一碗喝吧。不必用茶托了，就只要用手拿便好。」

大家出驚，看著占波八的臉。

鬢五郎：「可不是嗎，真是油嘴滑舌的。」

松公：「說這人是嘴巴先出世來的，便是說這事了。」

竹公：「大道商人的說白倒記得很清楚呢。」

蛸助：「聽了叫人家發愣，可是也著實可以佩服。」

鬢五郎：「這是不花錢站在路邊，聽那賣新聞的[77]和大道商人，暗記住的。」

蛸助：「可是，這是別人所幹不來的事情。」

占波八：「怎麼怎麼，你們能夠學這樣子嗎？」

竹公：「學會了也是無聊。」

松公：「學得巧妙，同你那樣的活動吧。」

竹公：「這個，再落些價吧。」

占波八：「落到幾何錢呢？」

竹公：「二百文。」

占波八：「這樣說喝五道六的事，不能解決問題。不說玩話，原價是六百文。已經只剩一隻了，吃虧五十文，落到五百五十吧。」

流行俗歌

正在說話的時候，有一個十二、三歲的徒弟，唱著流行歌來了。

徒弟：「第五是五山的千本櫻，第六是紫色，第七是南天，第八是山櫻花，」唱到

這裡便停住了，走了進來，拿出一個剃刀盒子：「鬢爺，要奉託你一件事，說把這剃刀給磨一下吧。很麻煩你，可是內掌櫃說這拜託你了。」

鬢五郎：「是內掌櫃委託的事，不能不立即答應吧。你稍微等一等就好了。」

占波八：「那個，別再唱那討厭的歌了。鄉下的調子那麼當寶貝看待，真是沒有辦法的猴子呀。」

徒弟：「我又並不借你的嘴來唱。」

占波八：「好個能說話的徒弟。」

徒弟：「這是像了你的緣故。」

占波八：「呵，沒有二話，你原來是說得對嘛。」

蛸助：「剛才這個小廝所唱的歌，胡亂的流行，那是從下越後地方出來的瞎姑兒的歌呀。」78

鬢五郎：「是呀。」

松公：「很別致的歌兒。一點兒都沒有氣勢。」

蛸助：「那個歌兒，人家所唱的都是亂七八糟的。我知道一個本子，是從越後的人傳來，一點沒有錯誤。」

占波八：「這個倒要請賜教。」

竹公：「總之那些事情誰都想要知道。」

蛸助：「剛才所唱的歌的文句，全體是很長的。江戶的人們不記得全篇的文句，只是隨處切了一部分來歌唱著罷了。麻姑兒唱的越後調的真面目，這裡才是呀。我可以教給大家，但是拿出幾何錢來？」

占波八：「說出這樣貪鄙的話來了。在聽過一節之後，才好定價呀。」

竹公：「在沒有聽之前，是不能知道行情的。」

蛸助開始唱歌：「

千早田，[79]
荒物町的染店裡的姑娘，
姐妹排著看起來的時候，
姐姐是不中意的牽牛花，
妹妹是剛才開的白菊花。
姐姐是一點都沒有希望，
妹妹是想要的人到處許願：
第一是岩船的地藏菩薩，
第二是新嘴的白山老爺，
第三是贊岐的金毗羅，

第四是信濃的善光寺，
第五是吳天的若宮，
第六是六角的觀音，
第七是七尾的天神，
第八是八幡的八幡，
第九是熊野的權現，
第十是本地的戀愛神。[80]
若是所許的願沒有效的話，
便在前面的小河裡投了河，
變作三十三尋[81]的大蛇，
發著大水流將去，
咕嚕咕嚕把她蟠了罷。
真的嗎，老爺子？
裝癡作傻的老婆婆。
小桶裡請用茶吧！
婆婆不固執己見了。[82]

這後邊便是吹打了。裝癡作傻的老婆婆，小桶裡請用茶吧，平常雖是這麼說，可是這前後的事情是誰也都不知道。現在這小廝所唱的，就是這個：

船家給了三尺漂白布，
我戴著時漂白布也可以，
給郎戴時漂白布可就不行。[83]
染作什麼才好呢，去問染店看，
第一染作桔子花，
第二是燕子花，
第三是垂下的藤蘿，
第四是獅子和牡丹，
第五是五山的千本櫻，
第六是紫色，
第七是南天，
第八是山櫻花，
第九是小梅分散的染著，
第十是照著郎所喜歡的樣子。

真的是這樣，
好不操心呀。

這也是在流行過去了的時候，當時種種的風俗可以知道，又可以作為後來的人的消遣，所以我想來寫成一冊書，此外還有許多事情，說起來話長了，所以且止住吧。」

占波八：「再教我一個吧。我部記住了。」

蛸助：「那麼，且來再教一個吧：

我們隔壁人家得了一個好女婿，
能夠鍛石磨，
又能箍桶箍，
人家託他也會做木匠，
也會做箍桶匠，
也會做瓦匠，
又能拉大鋸。
從小時候喜歡黏小鳥。[84]
藍布褲子下穿草鞋，

腰掛黏箱，手拿黏竿，
從下邊算來二町目，
上邊算來三町目，
總共五町目的正中央，
托的大木上有一隻小鳥。
把這個黏了來吧拿起黏竿來，
黏竿太短了，小鳥又太高，
這時候小鳥又吵起架來了。
你是黏鳥的嗎？
我乃是叫百舌的鳥，
我雖並不是一定怕被黏，
如有緣分請下回再來黏吧。

喂，好嗎？每一個算是一分銀子，一總算來盡夥玩一個中等倌人。[85]此外還有什麼我和阿媽等，種種的歌兒哩。」

讀《三國志》

占波八：「一本只要八文，上下兩冊，十六個銅錢就可到手。我們所唱的只是照書本的樣子，列位喉音好的請自己來唱，也是一種好的娛樂，現在唱著歌，如果有用，請你購求好了。紙錢印刷錢總共只有銅錢八文。」

蛸助：「喂，真是叫人出驚的嘴哩。專會哄人的漢子。」

占波八：「當然會哄人嘛。《孝經·開宗明義章第一》，並不是教這種老古董的師父，說一句簡單明白的話，是教傻子的呀。」

蛸助：「教的人是傻子的事，也是有的。」

占波八：「這邊是博學大才，肉食妻帶呀。說本來的事，是叫孔明提燈籠，楠[86]給拿草履。哎呀，說到孔明，那傢伙箱子的上邊，放著《通俗三國志》。[87]這個，說著閒話，影子就到，[88]正是說的這事。哈哈，用草書字母寫的吧。現在的乃是漢字用正書字母寫的，所以是好。這樣的辦，連女人也都能念，這字在我也是熟識的。」

松公：「嘴簡直沒有歇。」

竹公：「嘮嘮叨叨，像油紙什麼著了火似的。」

占波八：「你們儘管嫉妒吧。因為是占波，不會遇見倒楣的事情。這個，這冊書是誰放在這裡的。」

鬢五郎：「是土龍大爺存在這裡的。」

占波八：「唔，土龍的嗎？那一副傲慢的口調。說些什麼呢，全像是唐人的夢話[89]似的。那麼樣同不說話豈不是一樣嗎。喂，若是土龍的書，讓我搽上些唾沫去，弄成幾個窟窿吧。」

鬢五郎：「住手吧。這是從貰書攤上借來的。」

占波八：「呵，阿彌陀佛大失敗，認錯打針療治，[90]這裡也是圓圈的乃字。[91]怎麼樣辦好呢，啾啾啾的啾！」

松公：「簡直是瘋子。」

竹公：「反正不是神識清明吧。」

蛸助：「倒也不是只值得丟掉的漢子。」

鬢五郎：「也不是太有人會撿去的人。」

占波八：「婀娜的潮來，[92]給她迷住了！」用顫抖的聲音唱起歌來，又連聲學著跳

舞的節調。「啊，哇哇，孔明七星壇祭風！」

看著書念著，卻又即坦然若無其事的樣子。

「可不是像也是大夫那樣的祭風[93]呀。」

鬢五郎：「說什麼傻話。」

蛸助：「可是能夠正式的念，也是不思議的。」

占波八：「念給你們看看吧。曹操橫槊賦詩。」

蛸助：「說的是什麼事呀？」

占波八：「連我也不懂嘛。」

蛸助：「這是棒讀[94]了的緣故。應該讀作曹操橫了槊，賦起詩來。」

占波八：「既然知道得那麼清楚，那麼何必再來叫我吃癟呢。字要翻筋斗，玩跌打，所以很不好念。」用了朗誦的口調念下去：「徐庶受，徐庶受命，哎命，既，既，哎受命，既，引兵兵而，兵而出，於是，哎於是，而出於是，什麼什麼，[95]——什麼呀，字母注丟了，沒有法子念。——哎，什麼什麼，現在都城，都城之，之內，哎可以，可以安，嗯嗯安心，哎心，哎大為大為，大為歡喜，哎喜，自己，自己騎馬，哎先是陸，先是陸，先是陸……」

大眾：「哈哈哈。呵哈哈。呵呵呵。」

鬢五郎：「呀，無論怎樣都忍不住了。」

蛸助：「想要不笑，卻噴出來了沒有辦法。」

竹公：「住了吧，住了吧。」

松公：「人家聽了也怪難為情的。」

占波八：「我念的是對的，可是書的寫法卻是不對嘛。」

蛸助：「剛才還沒有念到兩行哩。」

占波八用朗誦口調：「先是陸，哎先是陸地。」

松公：「剛才的那個巫婆的那種調子哪。」

占波八：「肅靜肅靜！——先是陸地，看陣，哎看陣，嗯，陣看了看了。」

鬢五郎：「這是說什麼呢？不要亂七八糟的胡說了。」

占波八：「可是這是這樣寫著的嘛。」

竹公：「你把先頭的文句再讀一遍看吧。」

占波八：「你說了不得的話。若是重讀先頭的文句，便又像是碰見不認識的人了。——看陣，看陣，看陣。」

鬢五郎：「看陣，看陣，牛蒡擺陣。」[96]

占波八：「肅靜肅靜。——看陣。」

蛸助：「這是把陣地四下一看吧。只要大概推測著念下去好了。」

占波八：「推測怎麼的能行呢？這是光說無理的話嘛。我推測這是關羽，可是在文字上寫著並且用字母注著玄德哩。因為說是自己騎馬，所以猜想大約是馬夫這兩個字吧，但是字母卻注著先是陸嘛。要用推測，在那方面也有荒神老爺，[97]哪裡能行呢。——其後，其後。」

蛸助：「這個，快吧，有如韋馱天[98]自己騎了馬，撒著溺走路的樣子。喂喂，快呀快呀。——推測吧，推測吧。[99]——其後，一向不曾看見。」

占波八：「呵呀呵呀，這是錯了。請看吧，推測就這樣的要錯。——太太神樂。」[100]

蛸助：「這也不是。是大船，是大船呀。」

占波八：「代錢[101]付清，客人一位，四文一合。呀，這個又錯了。——大船一艘。呵呵，實在是發魔得很。」[102]

蛸助：「這個，大船一艘，是說大的船一隻呀，從這裡推測下去就行了。」

占波八：「喔，好吧好吧。——哎中央，哎中央……」

鬢五郎：「豈不是剪了舌頭的麻雀[103]嗎？」

占波八：「在中央浮著，帥字，寫著帥，帥字的旗立著。」

蛸助：「這裡念得很好。左衛門祐經。[104]嗯，不，是水寨。」

占波八：「水寨。嗯，左右左右，都是水寨。四傍，四傍都是，伏置，伏置弩弓。自己——這個又是自己。雖然是唐人，可是很討厭的說自己自己，想必是滿面鬍子的小姐吧。[105]本來叫作自己的東西乃是海帶哪。你們沒有去過上方，所以未必知道。我前回跟了店裡的夥計到過一次上方，因此知道得很是清楚。到上方的戲院去的時候，在裡邊賣東西的老頭兒，老是吆喝著說，自己不要吃嗎，自己不要吃嗎。這是奇了，那個老頭兒既不能吃，那麼為什麼說『自己不要喝嗎』的呢？或者因為沒有茶，所以說就從清水[106]吃起吧。種種的推想著，忽然有買的人，說喂，給我一個自己吧，窺探過去，乃是海帶包成別致的模樣的東西，嘎吱嘎吱的咬碎了，中間有一個花椒在裡邊呢。我就問旁邊的人，說這裡邊原本有花椒哩，答說花椒怎麼會在裡邊，江戶的花椒是有腳的，所以會得進裡邊[107]去也說不定，這裡的山椒因為沒有腳，所以不能在裡邊。海帶裡的花椒是放進去的呀。被批駁了這一大頓，我一句話也沒有得說，便又問他這為什麼叫作自己的呢，他說這因為是自己，所以叫作自己的嘛。無論說到哪裡，全是一樣的事，壓根兒什麼都不懂。——坐在將臺，臺之上，其時，建，建……」

竹公：「其時聽得雉雞[108]鏗鏗的叫。」

占波八：「肅靜肅靜。嗳，且止住吧。我還託福連肩背都脹痛了。」

蛸助：「到了現在，剛才讀了六行罷了。」

鬢五郎：「人有種種不同的習慣，土龍大爺是說平常話，也像讀說部似的不好懂。」

松公：「占波八是平常多嘴，念起書來口吃了。」

竹公：「這是奇妙的東西。我們就此回去了吧。」
松公：「我也要去了。唉，真把肚子也笑痛了。」
兩人：「噯，再見了。」
鬢五郎：「噯，慢慢的回去。」
占波八：「那個，鴨子怎麼辦呢？」
竹公：「不要了。」
占波八：「去你的吧！」
松公竹公二人回去了。
鬢五郎：「喂，小夥子，剃刀給你吧。到家裡要這樣說，內掌櫃如有什麼好吃的東西，要去做不請自來的客人的。」
徒弟：「噯。」走出門口。「啊略亮龍頭，[109]啊略亮，亮亮亮亮！」

掿拳賭吃麵

這時候有一個年輕人走進來，扛著一個包裹。
櫛吉：「鬢爺，篦子什麼樣？」
鬢五郎：「吉公，怎麼樣？什麼，篦子麼？嗯，不，不要呢。剛才櫛八來過了，誰的也沒有買。還不要呢。可是，什麼沒有嗎？你沒有那中齒的梳子嗎？」

櫛吉：「有的。」

鬢五郎：「中齒的梳子就買一個吧。」櫛吉從箱子裡拿出來給他看。「這簡直的不中用。這樣的梳子哪裡可以用得？幾何錢，一百五十麼？」

櫛吉：「二百文。」

鬢五郎：「二百文也太利害了。」

櫛吉：「為什麼？便宜五十文哩。」

鬢五郎：「二百五十的中齒同這個不一樣。拿走吧，拿走吧。到來春慢慢的來吧。這個，假如到送年禮[110]的時候，又給那種不能使用的梳子的話，那就不再交易呀。」

櫛吉：「是，是。多謝照顧。」

鬢五郎：「這是真話呀。」

櫛吉：「在你是真話，在我是誑話哪。」把貨物收拾，背上了。「噯，再見了。」剛走了出去，就遇著一個著長褲的男人，進來便說道：「天氣很冷。」[111]

鬢五郎：「噯，你來了麼。還沒有呢。」

來人：「是，是。再見了。過幾天再來吧。」走出去的人乃是收買頭髮渣兒的，挑著箱子走了。

又一個人穿了綢外套，長褲子，後邊的衣裾掖上了，拿著三四個像是寒中送禮[112]似

的盒子。這人名叫銅助。

銅助：「一直沒有奉訪，近來你好嗎？這個是……」拿出幾封信件來。

鬢五郎：「一直那樣，多謝之至。那三封是給金爺、鐵爺和銀河大爺的。我真是所謂從板廊上跌落的奶媽[113]了。」

銅助：「哈哈哈。」

鬢五郎：「噯，的確的都給送到吧。」

銅助：「是是，每回麻煩你了。哈哈哈。還有那鉛店的銀吉大爺常見面嗎？」

鬢五郎：「近來簡直不來呀。」

銅助：「呀，這事就麻煩了。那麼這封信且放在你這裡吧，來了請你交給他，如若不見，那也罷了。」

鬢五郎：「可見是出不來臺了。」

銅助：「哈哈，有點兒犯了肝氣[114]吧。呀，立刻就走吧。」

鬢五郎：「還好再玩一會兒吧。且抽一筒煙去。」

銅助：「今天還要往山地走遠路去呢。[115]請你也來玩，很是熱鬧呵。一點都沒有霜凍的景象。哈哈哈。」

鬢五郎：「這邊乃是霜凍，冷得很哪。哈哈哈。」

銅助：「喔，再見了。」

鬢五郎：「內邊也給問好。」

銅助：「是是。」

走出去了，這人不知是誰，作者也不知道，[116]看官請隨意注解，也是很有興趣的事。

蛸助：「占波公，這回是偷偷的念著哪。」

占波八：「批評得太利害了，所以是默讀著哩。」

蛸助：「一聲不響的偷吃著嘛。」

占波八：「說起吃來，真想吃點什麼了。」

蛸助：「新開店的家鄉蕎麥麵條剛打好了。」

占波八：「是那橫胡同的票房旁邊嗎？我們用拮拳來打賭吧。」

蛸助：「唔，好吧。」

鬢五郎：「又想來輸了。」

蛸助：「是不作興強詞奪理的生氣的呀。」

占波八：「倒是你愛強詞奪理的生氣。怎麼怎麼，是贏的人出錢嗎？」

蛸助：「哪裡有這樣的辦法。是輸的人請客呀。」

占波八：「那麼這有點兒不方便。」

鬢五郎：「說出乏話來了。」

占波八：「不，因為要叫蛸公請客，所以覺得對不起哩。」
蛸助：「哼，自負心真強呀，喂，來吧。三拳兩贏嗎？」
占波八：「不，三拳全勝。」
蛸助：「不得要領。兩拳連贏的三拳決勝吧。」
占波八：「好吧。」
蛸助：「等等，搽點鼻油[117]叫它靈一點吧。」
兩人：「五。二。九。到來。」
占波八：「到來，到來，到來！」
蛸助：「叫到來的拳哪裡有呢？無手與到來在規矩上是不作興的。」[118]
占波八：「強詞奪理三年柿子八年。[119]我不管這些規矩，所到來與無手無論什麼，只要數目相合的就算贏了。那麼樣不自由的拳，我是不幹的。」
蛸助：「咄，那麼這就准許了吧。」
占波八：「也用不著什麼你的准許。好吧，從此開始吧。」
兩人：「一。六。七。三。五。」
蛸助：「喔，贏了。」
兩人：「四。四。三。九。五。二。」
蛸助：「贏了兩拳了。」

占波八：「再等一會兒吧。你已經是贏了兩拳了嗎？這回是決定勝負了。唉，拳運不佳，所以如是的。人家說被芋艿梗兒撞傷了腳，便是這事了。」

蛸助：「說漂亮話。」

占波八：「南無拳道第一如來老爺，[120]請你保佑我得勝，叫蛸助花錢請吃蕎麥麵吧。恩所羅，恩所羅，三碗吃下蕎麥麵。[121]喂，來吧。此後是鬼和鐵棒，辨慶和長刀，[122]我和女人，所向無敵，確實可靠。」

兩人：「七到來。八到來。二到來。三到來。五無手。四無手。六無手。」

蛸助：「哎，這真麻煩。『一個』怎麼樣？喂，咚的一發。」[123]

占波八：「嗳，一拳也沒有贏，竟自輸了。」

鬢五郎：「哈哈哈！」

蛸助：「這就要請客了。喂喂，快到蕎麥麵店去叫了來。這個，小廝不要在路上遊嬉才好。還把麵錢立刻都付清了來。嗳，你真是不中用的傢伙。把後邊的衣裾捲起來，就去了吧。」

占波八：「咄，真討厭。人家說從口裡出來的蕎麥麵店，[124]就是這件事吧。」

女客阿袋

正在這時候，有一個老太婆來到門口，獨自說著話，一篇很長很長的說白。

阿袋在門口：「哎呀，鬢五郎大爺，那個那個真是寒冷的天氣呀。很是對不起你哪。」

鬢五郎：「呵，這個，原來是阿袋老大娘。難得出來呀。」向著屋子裡邊叫道：「這個，什麼呀。什麼來到了。你就出來吧，那金鳴屋的阿袋老大娘來了呀。」

內掌櫃從裡邊跑了出來：「這個是，這個是，真是很難得的。好容易來到此地呀，且請在這裡上來吧。」

阿袋：「不，不，務必請不要招呼我吧。雖是總想到這裡來，就是一會兒也好，你哪，[125]日子生得很短，急急忙忙的過著生活，終於終於是長久不來奉候了吶，你哪。可是，我說，你這邊也都是大家康健的哪。」

內掌櫃：「噯，你那邊也都是納福的吧？」

阿袋：「嗨嗨，真是多謝了。今年的天氣吶，你哪，是特別的比常年都要寒冷，你哪，可是也還不至於因為寒氣生了病，這是比什麼也是覺得高興的事。家裡人[126]也想跑來訪問一下子，可是，你哪，又因為宅門子裡的事情，種種忙迫，不呀，真是的，你呀，連一日三餐的飯呀，也不能夠安安靜靜的吃哩。因為這個緣故吶，你哪，家裡簡直鬧得團團轉。我也不能那麼眼看著，也只得在店鋪方面幫點忙吶，你哪，就是連往澡堂裡去的工夫也沒有哪。不呀，這雖然是，真是的，很可感謝的事，但是呀也累得很，主人也是，你哪，因為太忙都嘮叨著哩。昨天晚上，你哪，我也才這麼說來著。現在這樣的忙是很可感謝的事嘛，正月裡穿的東西想做也沒有工夫，真是為難的事情，你哪。他說咄，這豈不好嗎，一點沒有什麼不足的地方。我說拆洗了的東西再做也來不及了，只好拿出作客穿的新衣服來，不再可惜的穿了也罷，我這樣的說了吶，你哪，主人說，什麼，別為了衣服操心哪，用不著收藏起來，就快拿出來穿好了。因為是這樣吶，你哪，有些衣服是洗了之後，就那麼整個存放的。這樣的想著，也沒有來奉訪，不知道你是怎麼的想，但是因有這樣的原因，務必務必請不要見怪才好。呵呵呵。——今天是，你哪，到這裡以前，已經走了五家打過招呼了。這裡出去，是想到阿春那裡，也已好久不去了，順便還到秋助大爺那裡去轉一下子呢。還有，你哪，祝你千年百歲，[127]夏右衛門的孫子是，你哪，當初鬧蟲子的病，是三好兩歹的，終於成了那邊[128]的人了。」

內掌櫃：「哎呀哎呀，那一定很悲傷的吧。」

阿袋：「呵呀呀，夏右衛門父子完全垂頭喪氣，簡直是發呆的樣子了，你哪。阿冬的大女兒阿霜，那個是，你哪，有了相當的地方，已經出嫁了，今天是回門[129]的日子，因此想要到夏右衛門那裡，去露一露臉哩。喜慶的事呀什麼呀的，你哪，總之真

是的，弄得沒有一點兒安靜的工夫。哎呀，真是的，藤哥兒是康健的嗎？」

內掌櫃：「噯，多謝了。倒是頂結實的，直到現在沒有什麼。」

阿袋：「難得難得，這真是福氣了。小孩子們無論什麼，第一要緊的總就是結實。在宅門子的妹妹也很好的在做事吧？好久沒有得到她的消息了。」

內掌櫃：「噯，多謝了。」

阿袋：「順便給她問好吧。真是的，整天像唱歌似的唱著，這樣那樣的來拜訪一下子，到了今天才算來了。噯，再見了。請你好好的保養著吧。」

鬢五郎：「再坐一會兒去。」

阿袋：「噯。不，沒有工夫再坐了。剛才說的那個樣子嘛，呵呵呵。到了來春，再來賀喜吧。」

兩人：「噯。噯。請你也……噯。噯。」

阿袋：「噯，再見了。」

兩人：「噯，再見了。」

阿袋走出去了。蛸助與占波八兩人從先頭聽著老婆子的獨自饒舌，說長篇的話。

蛸助：「這個，真是饒舌的老太婆呀。」

占波八：「不讓人家開口，自己一個人老是說著，忽然的回去了。」

兩人：「用不著招呼，倒是省事的好。」

占波八：「因為是什麼什麼的吶，又是這麼這麼的吶，你哪，呵呵呵。因為什麼什麼的做了，又是怎麼怎麼的做了吶，你哪！」

蛸助：「縱然是好手占波八，遇著那個老婆子也倒了楣了。」

占波八：「吶，你哪，你哪。」

俗談平話的可笑的地方收集起來，寫出人情的機微，當於來年春天續出。[130]請看官們等候著三編的發行吧。

注釋：

1土龍講話多用說部口氣，「話說」二字係中國舊時小說開場常說的話，故今亦沿用。

2「虛田」意云是誑話，「萬八」則指所說的話只有萬分之八是可靠的。

3蹦跳的東西意思是說淺薄的人，有時言動出人意外者。

4此亦係外號，取其與馬陰相對。

5意思即是說羅馬字，因為其時日本對外國史知道有西班牙，稱為南蠻，其次是荷蘭，通稱紅毛，所以這裡以荷蘭為西洋代表了。

6岡山鳥係當時實在的人物，本名岡權六，別字山鳥或三鳥，為三馬的門人，著有戲作多種。

7日本古代建築，凡屋一間即柱與柱之間，距離為六尺，故六尺為一間。一町計六十間，即三十六丈。

8浪人即是失業的武士，見初編卷上注29。
9浮世繪多畫世時裝的婦女，有一種狹長條的畫稱為「柱隱」，專掛在有柱子的地方，因為只有一長條，所以所繪女人多只露出半個身子來。
10原文云「開張」，引伸為等著異性，意欲獲得的意思，中國俗語吊膀子略微相近。
11金毛織係指以金線為緯，絹絲為經的織物，大抵製為女人的腰帶。
12因上文金毛而聯想到的狐狸的妖怪，相傳在鳥羽院天皇（一一〇七至一一二三年在位）的時代，寵愛一個玉藻御前，後來查出係妖狐所化，曾經變作妲己來迷過紂王，那須野有殺生石，便是這妖怪被殺後的遺跡。
13江戶時代吉原的妓女很講究意氣，如客人有不中意的地方，可以不理，稱作「摔」，被摔掉的客人很是恥辱，一點沒有辦法。但此時習慣或者只限於名妓，也只吉原一處才有，但據傳說這種「摔」客人乃是妓女的一種特權。
14「收買破爛」係俗語說濫淫的人，有如收購舊貨，不問好醜。
15專門收喪事所用的物事和死人的衣物的人。
16日本外套的領係是反摺，自上頭直至兩裾，中間不加鈕扣，但以絲條作結。
17整理謂將衣衿略退後，不但使衣領齊整，亦且使得頸子加長，顯得格外漂亮。
18原文係用一句雙關的漂亮話曰「北方寒雨」，沒有法子譯得恰好，所以改用意譯了。
19見上文注10。
20《二十一史識餘》卷二十八「癡頑」之部，引《宋書》云：「顧愷之信小術，桓玄以一柳葉紿之，曰，此蟬翳葉，取以自蔽，則人不見。愷之喜，引葉自蔽，玄就溺焉，愷之信其不見己也，甚珍也。」楊枝隱身法的傳說即是從這個故事演變出來的。
21用了淺平的漆盤裝上黑的石頭和白的砂子，做出風景山水，其有做富士山的，這塊便特別突出，這裡是形容他鼻子的高大。
22看街的人住在官廳（北京從前有這稱呼，類似後來的派出所），手執警棒，長六尺。
23日本九州博多地方所出的腰帶。參看初編卷上注55。

24本來是一種煮麵，在湯汁中多加作料，有魚糕、香菇、芹菜及別的青菜，雜燴而成，今姑稱之雜燴。
25一種頭髮的名稱，見初編卷上「柳髮新話自序」注19。此種髮式當時認為非常時髦。
26從陰溝裡起一路全是爛泥的足跡，好像是有妖怪經過的樣子，土龍好談說部，所以這裡也加添一點怪談的成分進去。
27這也是一句川柳。
28「熬夜」原文稱作「通夜」，是指人死後當天由親友們守夜達旦的一種習慣。
29意思是說頹唐，這裡因喪事關係，故意使用佛教言語。
30戒名即是法號，指受戒時所得名號，日本人多奉佛，故於死後必請和尚題一個戒名，刻墓石上。
31拋進寺原來係指一種專葬無人認領的死屍的地方，別無墓穴，只有一個大坑，把死人拋在裡邊就完了。後來說有些寺院，專門埋葬沒有家屬的妓女，江戶有吉原的西念寺，新宿的成覺寺，均是。
32日本謂人死曰成佛，故所謂佛者即是死人。
33要求和尚增加戒名字數，本屬可笑的事，其理由說出家人柔和忍辱，更是文不對題了。
34「銜著指頭」係言沒有辦法，在小孩失意時表示不好意思，常有這樣舉動，這裡借作形容罷了。
35權助為日本男人極普通的名字，故借作使用的下男的通稱。阿三即下女。此猶云張三李四，但重要在於下男下女的地位。
36每逢中元，寺中派遣和尚至各家念經。
37日本語「雪院」與「雪隱」音相通，「香花」亦與「後架」相近，二語皆訓廁所，原語出典且均與佛教有關。
38佛爺是指死人，這位先祖是十五日死的，十五日是他的命日（即忌日），所以稱十五日的佛爺。忌日例應吃素，稱曰「精進」。
39松魚去骨曬乾，製成「鰹節」，堅硬如木，用刨刨成碎片，作為調味料，為日本家常必備之品，北京稱為木魚。
40日本每日煮早飯初熟，必先盛一碗，以供先祖，這裡說先動過手，蓋因忘記設供，先給自己盛了飯

了。

41普通開葷必用大魚大肉，今乃僅用木魚，所以是不值。

42此言戒名或是院號，或是題作一錢不值，在我們看來都是全無關係。

43和歌集《百人一首》中，名字最長的有「法性寺入道前關白太政大臣藤原忠通」，但實際不是戒名，只是說法性寺出家，前任關白（等於攝政）太政大臣，連官名在一起說罷了。

44蓮花託生係淨土宗的信仰，千張座席極言其大。

45菩提寺即檀那寺，謂自己一家信仰有關的寺院。

46佛教說人死後以至受生的期間，凡七七四十九日，稱為「中有」，鬼魂在這期間如不得引導，要迷惘無所歸，或至在人世顯現，便是這裡所謂迷路了。

47缽兵衛信士意義與權助信士相仿，參看注35。

48日本受佛教影響很深，但根本上卻是神道教的，這裡說俗名反是神聖，不能帶到死後去，與一般佛教對於俗名的觀念不同，蓋作者看重現世，所以這樣說的吧。

49文覺上人俗名遠藤盛遠，原係武士，戀著他的表姐妹袈裟御前，但是她已嫁了渡邊亙了，乃圖謀殺她的丈夫，為袈裟所欺騙，反而殺了他所愛的女人。於是大為悔恨，出家為真言宗（密宗）僧，以不敬罪流放伊豆，又勸說源賴朝起兵，除滅平氏。蓋是一個極不平常的和尚，《平家物語》等書中敘說他的故事甚詳。

50狂歌係遊戲的和歌，形式雖似短歌的三十一音，但是多用雙關及譬喻的文字，寫玩笑的意思。日本相信歌的功德，即詩歌可以動天地，泣鬼神，當作歌祈雨，又作連歌為追薦某人之用，今雖是戲作狂歌，亦模仿那時的風俗。

51此係模擬叫賣時新果子者的聲口。

52「青菜店」原文云「八百屋」，本意云雜多，言各種東西都有。歌意言戒名有長的，也有短的，正是各種東西都賣的八百屋。

53「臨時小戲」原文云「俄」，意云急就，乃是臨時即興的演作，以遊戲滑稽為主，有如數人演出的相聲。

54原本這裡「往哪裡」與下文「花錢的事」，均仿照巫婆的「活口」的話，作「去口」和「花口」，今悉改從意譯了。

55俗語說白玉微瑕，這裡故意反說。

56「戀愛」日本語云koi，與「鯉」同訓，這裡故引與鯽魚作對。

57「偕老同穴」係一種低級海產動物，普通常作為夫婦的譬喻。這裡因言戀愛，故聯想及此，又日本語「回家」讀音與「偕老」相近，又復纏夾而成此語。

58俗說人如吃了人魚的肉，便可長生不死。江戶日本橋有人形町，與人魚町讀音相近。

59街內有一定的主顧，按時前去理髮。

60「大腿裡的膏藥」本係指兩面討好的人，言膏藥貼在大腿裡面，則兩邊都沾上。

61原文云「鬢盥無盡」，乃指理髮的人向主顧募集資本，雖名「無盡」，即是抓錢的會，實際就是募捐罷了。

62蛸字中國只見於古文蠨蛸，就是現今的蟢子，沒有別的解釋。但是在日本平常卻用得很多，當作章魚講，因為蠨蛸古來一名長腳，今章魚的腳也長而且多，所以拿來移用了也未可知。

63助廣治乃是名優中村助五郎與大谷廣治二人的合稱。此外有關當時優伶的姓名，不一一說明。

64馬嚼鐵是家族徽章之一，係圓圈內一個十字形。

65比翼謂將兩個紋章重疊的畫著，這裡即圓圈內一個仙字和一個十字，畫了各自用銀硃和淡墨充填出來。

66用一股向左搓的絲和別一股向右搓的絲相併，用隱縫法將它釘在上邊。

67正平花紋係畫作蔓草、牡丹和獅子模樣，又棕色底子白色的字，染出正平六年六月一日一行字，因為這是正平年間（一三五一）所創始的。

68獨鈷是佛教的法器，俗名金剛杵。坂東的家徽實際乃是篆文的東字，形狀好像是一個金剛杵，所以得此名稱。

69這個徽章本名結綿，狀作五疊絲棉，中央束住了，上下頭均散開，普通用作喜事的贈品，特別是經過瀨川路考的提案，又稱作姑娘，其用意未詳。

70暖簾雖似指棉簾子，實在乃是店家的布簾，用作遮陽的，後來兼招牌的作用，多染出種種文字和花樣。

71江戶三座是有名的三個戲院，即森田座、中村座和市村座。

72松本幸四郎等均當時各派的名優。

73大和屋係岩井半次郎第五代，紀國屋係澤村田之助第二代，三河屋係市川團藏第四代。因為普通酒店多號三河屋，所以連帶的將世間極多的店號伊勢屋也加上了。

74俗語云表兄妹結婚是鴨子味道，極言其相得，感情細膩。

75佛教傳說天下有四大部洲，北方有北俱盧洲，其地人壽一千歲。盧生出自中國唐代傳奇《枕中記》，在邯鄲逆旅倚枕而臥，夢至槐安國，為南柯太守，經歷五十年，及至醒時炊黃粱猶未熟云。

76江戶地面高低不一，高處稱「山手」，意云山地，低處名曰「下町」。武士和學者多住於山手一帶，下町則為商工集中之地，本文云今天在這裡，明天到山地去了，即表示浮世理髮館所在，即在下町。

77在未有報紙發刊的時候，社會上如有重要事件發生，大抵不關涉政治者，率有人編為新聞，用泥土雕板，印刷發行，多只一張，由賣報的人且讀且賣，故名曰「賣讀」，有一套巧妙的說白，與大道商人相同。

78瞎眼的女人多學習歌唱，用以乞討錢米，至於出在越後地方，則據傳說越後有大名（侯爺）的女兒眼瞎，甚同情於盲女，招至其地，加以教養云。

79此歌稱為越後調。據中西善三注，謂此歌起頭原作「新發田」，這裡錯作「千早田」，殆係作者一時誤記。

80這裡十個許願的對象都是偶然湊合，別無意義，如第一為岩船的地藏菩薩，只取「岩船」的發音第一個字與「一」字相同而已，第二第三仿此，所以這裡關於這些神佛也不一一注明了。

81計算長度的一種單位，中國一尋八尺，日本則是六尺。

82這裡的「婆婆」即是姑，已見原文云「我」，源出佛學，即言我見。

83婦女常以手巾蓋頭，遮掩日光，兼避塵埃。

84此歌因此便名為「黏鳥」，一個人唱歌，又一人演作，亦有做「黏鳥舞」者。

85吉原妓女有種種等級，最上等稱「太夫」，中等者名「晝三」，代價為銀三分。蛸助教唱歌，一個算作一分，故總計值三分銀子。

86楠即是楠正成，為日本著名的忠臣，為南朝盡忠而死。後醍醐天皇憤軍閥足利尊氏專政，欲行討伐，反為所敗，退保吉野地方。足利別立天皇，是為北朝，南北對峙五十餘年，卒為北朝所併。

87《通俗三國志》五十一卷，係將《三國志演義》混合日本字母寫成，著者為文山，在元祿的初期（一六八九至一六九二年）出版，因事跡新奇，且與日本的軍記小說有相似處，故大見流行。

88見初編卷上注187。

89唐人即中國人。唐人的話已經是不好懂，若說的是夢話，更是莫名其妙了。

90日本盲人習為按摩，晚間出外營業，叫喚云按摩打針，這裡因為「認錯」一語與「按摩」讀音略相近似，故連帶的說在一起。

91係指草書字母的「乃」字，這裡意義不很明白，或者是說塗了唾沫所弄成的窟窿。

92潮來係地名，為常陸地方的水鄉，有潮來調發源於此，流行及於江戶各地。

93由諸葛孔明祭風聯想起的庸醫祭風，庸醫因生意不好，希望人多感冒傷風，故也祭風。關於也是大夫，參考初編卷上注19。

94棒讀是日本人念漢文的一種讀法，乃是如字直讀，不加顛倒，大抵全是音讀，佛教誦經文時多是如此，這固然於原文很是忠實，但意義便難以瞭解了。別有一種所謂「反點」者，則是就本文加以鉤勒符號，表示和讀的文法次序，以便讀者。如這裡「橫槊賦詩」便是棒讀，和訓須將賓詞槊字詩字，放在動詞的上邊，且加一個賓詞的附加音，這才可以講得通。

95這裡原是「曹操」二字，因明說字母注丟了，故而讀不出，雖寫有漢文而注作「什麼什麼」，今便改正了。

96這因上文「看陣」而連續下來的一句戲語，疑當時或有相類的通行俗語。

97這裡乃是廣義的荒神，不是單指灶神。據中西氏說，荒神有貪欲神、障礙神、饑渴神這三神，故足為推測的障礙。

98韋駄天在中國稱韋陀，但知其為護法的菩薩。日本則說他跑得很快，當初佛涅槃後，舍利為捷疾鬼拿走，由韋駄天追去取同，故此處也是說他能快跑。

99原本此處段落符號有欠明瞭處，不知道那是誰說的，今酌量分別，至第三次蛸助說話，「這個，大船一艘」云云，才交代明白了。

100太太神樂亦稱太神樂，是對於伊勢大神宮奉獻的一種音樂，在江戶時代是庶人所能做到的最闊氣的事。

101「代錢」與「大船」讀音相同，這裡是學說酒店夥計的報告，四文一合乃是最低的酒價。

102當時在吉原妓女之中，很流行這樣的一句話，因「實在」與「一艘」語言相近，故而連用。發魘是南方俗語，猶言愚笨可笑。

103「剪了舌頭的麻雀」見初編卷中注20。有老婆因麻雀偷她漿衣服的糊吃，將其舌頭剪去，老翁覺得很可憐，便把它養好放掉了。後來老翁往訪麻雀的住處，大受招待，老婆卻得到了懲罰。上文說「中央」的「中」，音讀若「啾」，所以這裡說啾啾的恰似麻雀的叫聲。

104工藤祐經謀殺伊東祐親不成，乃殺其子祐泰，祐泰的遺子終乃報仇，即曾我兄弟，見初編卷上注174。

105戲劇中郡主小姐說白，常自稱「自己」，《三國志》中的人物既然全是中國人，又推想多是滿面鬍子的武將，今乃亦稱自己，所以說是很討厭的。

106「自己」的訓讀與「從清水」一語相同，故附會說此。

107日本語「進去」一語，這裡係自動動詞，故為上方人所挑剔，講道理說是應該用放在裡邊的。

108上文因連說「建」字，故牽連的說是雉雞叫聲，日本民間故事「桃太郎」說他率領雉雞和狗，前往征服鬼島，雉雞鏗鏗的叫即出在那篇故事裡。

109《浮世澡堂》初編卷下說小兒歌唱亦有此文，而大同小異，今悉從舊譯。《嬉遊笑覽》卷六下云，近時小兒一面跑著，一面歌唱著阿略亮溜，未能說明其意義。今據三田村鳶魚考證，此係舊時消防隊警告行人避道之詞，原文溜多係「龍吐水」之略。

110舊時過年的時節，理髮館對於主顧須送年禮，大抵係梳子之類的東西。

111 說天氣冷暖，乃一種見面時的招呼，只是所謂寒暄，並無什麼意思。

112 「寒中送禮」，後來已無此習慣，惟藉曆本中大寒大暑的時候，尚多致函問候起居，稱為寒中或暑中問候，還是這個意思。

113 奶媽照顧別人的小孩，自己卻從板廊上跌了下來，譬喻雖給人家幫了忙，卻沒有人來給自己幫忙。

114 上句說出不來臺，係戲臺上用語，直譯為「開幕障礙」，這裡聯想到毛病的肝氣堵塞了。

115 參考上文注76。在江戶時代，從下町走到山手一帶，是相當的遠路。

116 這裡是作者的一種手段，直接與讀者說話，表示好意，又把一件看去很是明瞭（在當時讀者是如此的），留給看官去猜，這是很安排得好的。銅助蓋是一個吉原裡來的使者，專替妓女們送達情書給熟客的，但是這不能直送到他們的家裡去，所以這便要託理髮館或是澡堂轉交，而鬢五郎就成了替人家看小孩的奶媽了。但是他也並非生客，看他囑託銅助內邊也給問好，這就可以知道了。

117 變戲法的人常把指頭去擦鼻子，說搽點鼻油，叫手法靈活一些，這裡是學那樣子。

118 日本搳拳所叫數字，係模仿中國式，如一二三四悉如華語，惟「九」讀作快，又「十」稱「到來」，又「零」則稱「無手」。

119 上文說不得強詞奪理，此處利用聲音相近，改變桃子栗子三年柿子八年的俗語，原文是說果子自下種至結實所要的年數。

120 這是模仿「南無天道大日如來老爺」，來禱告搳拳的神道的話。

121 真言宗的修驗道用了祈禱符咒手印的種種方法，云可求得神通，此即模仿其咒語。原語云，恩唷羅，恩唷羅，森陀里，瑪多尼所萬卡。

122 「鬼和鐵棒」，言鬼拿上鐵棒，加倍的強，係固有的俗語，後二句乃附加上去的。辨慶是傳說中勇士，本是和尚出身，隨從源義經，甚著武功。參考初編卷上注195。

123 「一個」是說搳拳時來一個「一」是怎麼樣。末句係最後決勝時勝利的口號。

124 猶俗語云禍從口出，謂因搳拳致賭輸了蕎麥麵。

125 原語係用「你」字後加稱呼，中國沒有相當的用語，北京的「你哪」或有幾分相似，故便取用，略得形似耳。

126 家裡人即是說自己的丈夫。

127 舊時習慣，凡報告壞消息之前，必要說句吉祥的話。

128 諱言死去，說成了那邊的人。見初編卷下注57。

129 女人出嫁後經若干時日，初次回到母家去住。

130 小說續編每於新年發行，此書三編雖有預告，但終於沒有出版。至文政六年（一八二三）始由瀧亭鯉丈續作刊行，但是文筆趣向迥不相及，其時三馬也已於前一年謝世了。

（周美和整理）

LOCUS

LOCUS

LOCUS

LOCUS